中国青少年智慧阅读书系

不可不知的

"探险前行的故事"

刘香英 编著

黑龙江少年儿童出版社

图书在版编目(CIP)数据

不可不知的 探险前行的智勇故事 / 刘香英编著. ——
哈尔滨：黑龙江少年儿童出版社, 2012.5(2023.1 重印)
(中国青少年智慧阅读书系)
ISBN 978-7-5319-3077-8

Ⅰ.①不… Ⅱ.①刘… Ⅲ.①故事–作品集–世界
Ⅳ.①I14

中国版本图书馆 CIP 数据核字(2012)第 082472 号

不可不知的 探险前行的智勇故事 / 刘香英　编著

出 版 人:张　磊
策　　划:宗德凤
责任编辑:李　昶
美术编辑:梁　毅
绘　　画:戴　璐
责任印制:李　妍　王　刚
出版发行:黑龙江少年儿童出版社
　　　　　(黑龙江省哈尔滨市南岗区宣庆小区 8 号楼 150090)
经　　销:全国新华书店
印　　装:北京一鑫印务有限责任公司
开　　本:720mm × 980mm　1/16
印　　张:10.5
书　　号:ISBN 978-7-5319-3077-8
版　　次:2012 年 5 月第 1 版
印　　次:2023 年 1 月第 2 次印刷
定　　价:38.00 元

蓝鲸腹中求生

2003 年 8 月,蔚蓝的太平洋海面上漂浮着一条考察船,考察船的旁边是一艘小艇。一名年轻男子斗志昂扬地驾驶着小艇。他是史蒂夫·凯伦,澳大利亚国家海洋生物研究所的一名海洋生物研究人员。这个酷爱航海和挑战极限运动的小伙子要做一次特殊的科学考察,那就是求证有关在鲸腹中生存的传说的真伪。

史蒂夫提前做好了一切准备工作:特殊塑胶材料做成的潜水服,不仅能抵抗高强度的酸性物质的腐蚀,而且异常坚硬,一般的物体都无法将其划破;潜水服的头套和上部被做成坚硬的结构,防止头部受到挤压;四肢则用比较柔软的材料制成,可以让他灵活游动;笨重的氧气瓶换成贴身氧气袋,贴在背部和腹部。

一切准备就绪后,史蒂夫集结了一些朋友,有摄影记者、鲸类保护人员,还有救生人员,准备一起来完成这项壮举:既不伤害鲸鱼,又要安全地在鱼腹中生存一个小时。

远征号考察船从墨尔本出发,沿澳洲东海岸驶入浩瀚的太平洋,寻找最适合的冒险对象——蓝鲸。三天后,终于发现了一头蓝鲸。史蒂夫谨慎地守候在它附近,等它浮出水面换气的时候,立即驾驶快艇迅速冲了过去。蓝鲸被眼前这个故意挑衅的人激怒了,它张开像山洞一样的嘴巴,一下子把史蒂夫和大量的海水吸进了嘴里。

立刻,史蒂夫陷入一片漆黑的世界里。而且,蓝鲸似乎不喜欢他这个硬邦邦的食物,几次想把他吐出去,幸好他紧紧地抱在鲸鱼喉中的一些突出物上,拼命往黑暗处挺进。

　　当蓝鲸再次吞吐海水的时候,史蒂夫终于进入了它的胃中。他原本以为这里会有足够的空间供他活动。可此时,他被蓝鲸胃中的食物挤得几乎不能动弹,只能蜷曲或者翻身。而且,蓝鲸体内又潮又热,仅半个小时的功夫,闷热和脱水就令史蒂夫觉得无法忍受了。

　　大约一个小时后,蓝鲸胃里的东西被消化得差不多了。史蒂夫终于可以慢慢活动了,他准备按原计划顺着食道游出去。可是,鲸鱼腹中黑漆漆一片,四处都是滑溜溜的,哪里才是出口啊?

这可怎么办？再这样下去，氧气耗完了，即使他不被蓝鲸消化掉，也终究难逃一死。史蒂夫非常着急。

与此同时，岸上的人也非常着急。他们一直用无线跟踪系统跟踪着蓝鲸，史蒂夫身上带有无线定位发报器。之前大家约定，如果遇到危险，史蒂夫发出信号，他们就采取措施营救。可是，原定计划的一个小时已经过去了，他们还未接到信号警报，望着平静的海面，大家都不敢去想那可怕的后果。

时间一分一秒过去了，史蒂夫依然没有找到出口，他觉得自己马上就要窒息了。目前，可以救他的最快捷的方法就是利用无线呼救装置向外求救，但这样做营救他的人员就必须要把蓝鲸杀掉才能救他出来。这是他最不能接受的结果。还有一种可能，那就是牺牲自己。当然，这是最沉重，也是最万般无奈的选择。

想到这里，史蒂夫重重地喘息了一下，突然，他想到另一个方案，是不是可以想办法刺激蓝鲸张开嘴巴呢？比如氧气？对，如果打开氧气，被压缩的氧气就会把鲸鱼的胃撑开，当鲸鱼胃胀难受时，或许就会张开嘴巴。

时间就是生命，史蒂夫立刻摸索着打开氧气袋的一个出口，同时尽量搅动自己的四肢。

果然，一阵嘶嘶的声响后，蓝鲸的腹中咕噜咕噜作响，它立即在水中上下翻滚着，猛然张开嘴巴，"噗"的一声，把史蒂夫吐了出来。

"史蒂夫出来了！他终于出来了！"岸上的人惊喜地叫着，立即开船靠近史蒂夫，把他拉回到船上。

史蒂夫脱下潜水衣，喘着粗气，激动地说："成功了，我们的计划终于实现了！"

史蒂夫的这次冒险经历不但在人类冒险史上书写了重要的一笔，而且颇具科学价值。

史蒂夫进入一团漆黑的鲸鱼胃里，游历一番准备出来时发现，进来容易出去难。在原计划无法顺利实施的情况下，他迅速寻找新的办法，最终运用智谋成功脱险。

当时，史蒂夫急需找到出口，否则随着时间的推移，氧气会被耗完。或者，他向同伴们发出求救信号，杀鲸救人。可是，鲸类家族，地球生物圈的"巨型航母"，我们怎舍得失去呢？现存鲸鱼数量已经极少了，保护鲸鱼刻不容缓。因此，他只能依靠自己机智脱险。

蓝鲸生活在海里，但它毕竟是哺乳动物，时常需要浮出海面换气。史蒂芬正是借此机会，轻易地冲进"虎穴"，可谁知想要脱身却难于上青天了。试想，意大利童话精灵匹诺曹，得以鲸鱼肚皮走一遭，借助的是手中的蜡烛。当代版的澳大利亚的匹诺曹又是怎样利用现代科技手段的呢？携带氧气，令史蒂夫成功在鲸鱼胃里停留一个小时变成现实。而要逃生，凭的还是氧气袋，只不过现在是逆向思维，释放氧气，令蓝鲸大嘴喷张，立刻求生之路铺就于眼前。

在危急时刻，我们必须充分利用身边的资源，依据周围的环境，迅速做出最佳决定。

冰海脱险

1914 年 8 月 8 日，皇家南极探险队的坚忍号从英格兰的普利茅斯港出发，一路向南，驶往威德尔海——这是毗邻南极洲的、有大量流冰群出没的危险海域。负责指挥船只的是航海经验丰富的沙克尔顿船长，他们此行的目的是为了探寻冰雪大陆的奥秘。

起初的航程十分顺利，然而，在 1915 年 1 月 18 日，距离目的地还有 160 千米的路程时，船只不幸被流冰群包围住了，急剧下降的温度使海水结冰，船周围的冰块迅速冻结成一体，坚忍号被困在了"冰牢"中。眼下，唯有坚持到春天，浮冰自行融解后，才能脱离困境。可是，在等待的期间，一旦浮冰所产生的挤压力过大，船只极有可能会像蛋壳一样被碾碎。

形势十分危急！沙克尔顿船长果断下令弃船，让船员们都钻进帐篷，在冰上休息了一夜。第二天，他决定在冰上行军，前往西北方将近 650 千米远的大象岛寻求生还的机会。但显然，要拖着满载货物的救生船，翻越巨大的冰块，穿过深深的积雪，是根本就不可行的事。于是，沙克尔顿船长只得命令大家在冰上扎营，然后将食物从半沉没的坚忍号上打捞上来，耐心等待化冻的时刻。

那段时间，队员们的衣服白天总是湿乎乎的，到了晚上，气温骤降，又把湿透的帐篷和衣服冻得硬邦邦的，日子很不好过。就这样，终于熬到了 4 月份，冰面开裂了，沙克尔顿船长立即命令三艘救生船下水。而后，他和 28 名船员带着基本口粮和露营设备挤上小船，乘着风浪，艰难地驶向前方。

他们一刻也不敢耽搁，每条船的舵手都奋力控制着航向，其余的人则拼命舀出船中的水。海浪中,凶猛的白喉虎鲸时不时探出头来,不怀好意地盯着船上的人。有些年轻的船员吓得掩面哭泣,沙克尔顿船长却依然镇定地站在船尾,控制整个大局。

4月15日,探险队终于抵达了大象岛。可是,令他们失望的是,这座岛屿十分荒凉,根本就不适合生存。更令人绝望的是,肆虐的狂风撕破了他们的帐篷,卷走他们仅有的一点家当——毯子、铺地防潮布和炊具。

"同伴们,在这座荒岛上是等不到援助的,我们必须另想办法。"沙克尔顿船长面色沉重地说道。

最后,经过商议,他挑选出五名精干船员,划着最大的救生船凯尔德号,前往南乔治亚岛上的捕鲸站去求救。他们要穿越的海域,是南大西洋上近1300千米长的一段世界上最危险的海路。果然,在出发的第二天,他们便陷入了困境。凯尔德号在十级大风中剧烈地飘摇着,海浪随时都有可能将他们吞噬。大家却都毫不退缩,求生的欲望促使他们更加卖力地向前划动着。

在此后的十天,海上的天气一直很恶劣,冰冷的海水早把大家的衣服浇得湿透,并且冻结起来。此外,所有人的双脚都已经肿胀,表皮已失去知觉。总之,大家都吃尽了苦头。但是,在沙克尔顿船长的带领下,他们依然勇敢地、坚定地穿过一切狂风激浪,朝着目标昂首挺进。

然而,情况却愈加危险了。恶劣的天气使得船上的六分仪几乎无法使用,他们只能凭经验和本能的直觉来测算风向与潮流。所幸的是,到了第15天,他们终于望见了陆地。不过,老天似乎存心和他们过不去,呼号的风暴使当天的所有登陆尝试都归于失败。除此之外,大家也在饱受饥渴的折磨,因为船上仅存的水已稍带咸味了。

到了5月10日夜晚,沙克尔顿率领他的小分队,拼尽最后的力气,总算使凯尔德号冲上了南乔治亚岛满是砂砾的海滩。但是,如果走海路,最近的捕鲸站也有大约240千米远,这对破烂不堪的船和筋疲力尽的船员来说,实在是太遥远了。于是沙克尔顿决定,由他率领两名船员径直穿过南乔治亚岛的内陆,前往斯特姆尼斯湾的捕鲸站。途中,他们三次企图翻过横卧在面前的陡峻山岩,但都失败了,等到最后成功翻过去时,黑夜却降临了。而在这样的海拔高度,他们随时都有可能被冻僵。

沙克尔顿考虑了半天,最后决定用绳索绕在每个人的身下,然后依次滑下了漆黑的深渊。上帝保佑,历尽艰难跋涉后,三个人终于来到了斯特姆尼斯捕鲸站附近。这时,他们的脸又黑又脏,缠结成一团的乱发几乎拖到肩头,且沾满了盐渍,看上去狰狞可怕。捕鲸站的人赶紧将这三位落难者扛进了捕鲸站,并派出一艘船去接应凯尔德号及另外三人。

1916 年 8 月 30 日,在经历了近 20 个月的流浪与磨难后,坚忍号所有船员全部生还,真是奇迹!

 沙克尔顿船长在率领众人前往冰雪之地探险时,不幸陷入"冰牢",无法脱身。在危急时刻,沙克尔顿船长并没有自乱阵脚,而是有条不紊地指挥船员们在冰上扎营,耐心地等待化冻时刻。

冰面终于裂开,但是情况却仍不容乐观。沙克尔顿船长果断做出决定:带着所有人乘坐救生船,主动去寻求生还的机会。然而,在这种荒凉的地方,是不可能遇上救援船只的,他不能轻率地让全船的人跟着自己去送死,因此,他迅速做出决定:精心挑选了几个能干的船员,冒着生命危险,踏上了求援的征途。

在寻求救援的途中,困难接二连三地出现,幸好沙克尔顿船长意志坚定,始终没有放弃希望,哪怕在最绝望的时刻,他也能从容不迫地指挥队伍。最后,他终于凭借顽强的毅力,成功拯救出全船的人,创造了一个航海奇迹!

从容与镇定也是一种了不起的智谋,正是沙克尔顿船长的果断和坚韧挽救了全船人的性命!

 当陷入某种危急的绝境之中时,我们一定要使自己冷静镇定,从容应对,在危机中寻找生机,千万不能被恐惧、绝望的心理压力所击倒。

大旋涡里逃生

在大西洋北面，临近挪威海湾的洋面上，曾经多次出现过一个大旋涡。那个大旋涡像个大漏斗一样在海平面上永不停息地旋转，面积足足有 600 个足球场那么大。渔民阿南森就亲身经历过大旋涡。

阿南森是个小渔民，经常与哥哥罗德尔驾驶着他们的白鸽号小渔船下海捕鱼。

夏天的一个早晨，阿南森带足了香肠、面包，又将几个备用的塑料桶装满淡水，搬到船上。哥哥罗德尔也准备好了船上的一切，等阿南森登上船，他们就驾船离开了港湾。

出了港湾，白鸽号朝东南方向一路前进，因为那里有一个渔场，他们每次去那里都能满载而归。

白鸽号在平静的海面上缓缓前行，渐渐地起风了，一会儿大风卷着浪头拍打过来，船身开始摇晃起来。罗德尔紧握船舵，尽量保持船身平稳。越往前行驶，船身越不稳定，舵也变得不听使唤了，船头逐渐偏离预定的航向，朝西北方向拐过去了。

罗德尔以为遇上了西北方向的暖流，于是弯下腰，伸手摸了摸海水，可是并不是想象中的那么暖热。难道是一股急流？他猜测着，想看看这股急流究竟要把他们带到什么地方。

顺着急流，白鸽号兜了个大圈子，船头又迅速转回来，向着东南方向继续航行。航行了一会儿，船头又转到了西北方向。站在船头的阿南森对哥哥说："我们刚才好像是兜了个大圈子！罗德尔说："我也觉得是，我们该不会是碰上了传说中的大旋涡了吧！”

阿南森说：“大旋涡又能怎样？我倒要看看是个什么样的大旋涡在这里作怪。”

正说着，阿南森身子一歪，差点跌倒下去，这时候，“白鸽号”航行的速度飞快，圈子也越兜越小了，船身严重倾斜，随时都有掉进海里的危险。

罗德尔大声叫道：“阿南森，不好啦，我们真的遇上大旋涡了！”

阿南森大惊失色，连忙问：“大旋涡在哪里？哪里有大旋涡？”

指着远处的一大片黑色旋转的海水，罗德尔说：“在那儿，那儿有可能是旋涡的中心，里面一定是个深深的大洞。”

“那里有大洞吗？”阿南森惊奇地盯着罗德尔问。

“是的，更像一口深不见底的井。”

罗德尔不再说话，双手紧紧握着舵，全神贯注地注视着前方，将渔船向东南方向驶去。可是船像是中了魔法一样，拼命转过身子，又朝西北方向转去，而且越转越快，就像在水面上打转。

罗德尔赶忙跑过去扯下风帆，避免船身侧着转弯的时候倾翻。帆刚落下来，小船好像就要飞起来，行驶速度也更快，几乎一眨眼就能兜上一圈，眼看就要到那片不停旋转的海面跟前了。阿南森抱着桅杆望去，那里的确有一个洞，一个很大很大的圆洞，洞里发出一阵阵“轰隆隆、轰隆隆”的响声，十分吓人。

阿南森惊恐极了，他来到哥哥跟前。罗德尔拍了拍他的肩膀，安慰他说：“别怕，我们现在赶紧划桨吧！”罗德尔说着把一支桨递到阿南森手里。兄弟俩一左一右，使劲划起桨来。可是，不管他们怎么用力，小船依然不听使唤，只是一个劲儿地向黑洞里面旋转过去。船身开始向左倾斜，罗德尔也坐不稳了，身体向左边歪去。

罗德尔忽然有一种不祥的预感，他走到船舱里拎起一个水桶，将里面的水倒光，又摇摇晃晃扑到桅杆上，割下一段绳子，来到阿南森跟前。阿南森顿时明白过来，哥哥想把塑料桶绑到他身上，给他做个救生衣。阿南森立刻叫道：“不要，罗德尔,即便是死,我们也要死在一起!"

"过来!"罗德尔大吼一声,想走过来拉住阿南森。不料这时候船身一倾斜,猛的一个急转弯,罗德尔身体一晃,掉进海里,很快被急流卷进漩涡里去了。

阿南森被眼前的情景吓坏了,他牢牢地抱住桅杆,眼睁睁地看着船被一点一点地旋进那个黑洞口。

白鸽号继续在漩涡上旋转着,阿南森感觉到船在漩涡里渐渐下沉,还发出咯吱咯吱的破裂声。船越转越快,渐渐地旋进那个黑洞里了。

阿南森闭上眼睛,感觉自己好像来到了另一个世界,脚底下轰隆隆的响声好像在打雷。他微微睁开眼睛,看到了黑乎乎的海水在自己的四周筑起了一圈围墙,散发着又腥又咸的潮气。一束亮光从头顶射下来,他朝脚底下一看,天哪,下面至少有 300 米!而他们的白鸽号正在一圈又一圈地旋转着,朝 300 米深的洞底下降而去。

阿南森感到一阵绝望。忽然,他发现头顶有白色的东西在旋转着,原来是撕下来的那块白色帆布,除此之外,还有断裂的桨、塑料板等在头顶不停地打着转儿。阿南森发现了一个问题,它们只在原地旋转,而不像他乘着的白鸽号,一直向下下沉,他终于明白过来,体积轻的东西只在原地打转,体积重的东西则会下沉。

想到这里,阿南森有了求生的希望,他把哥哥剪断的那段绳子绕在塑料桶上,然后又将塑料桶绑在自己身上,瞅准时机,用力向上一跃向洞口扑去。他在漩涡里一圈又一圈地往上转着,海水呛进鼻孔里,就张大嘴巴吸一会儿气,手脚也不用划动,飞速旋转的激流载着他一圈又一圈地往洞口上面旋转。

记不清转了多少圈,阿南森发现自己依旧在原地旋转,不过快到洞口了,而他的白鸽号早已被漩涡拖进了海底,不见了踪影。过了几分钟,阿南森发现那口深不见底的井不见了,漩涡慢慢向上移,变成了一口浅井。又过了几分钟,漩涡也渐渐消失了,塑料桶带着他慢慢升到海面上,一阵汹涌的海浪涌过来,阿南森被推上了海滩。

阿南森从大旋涡里逃了出来，他把自己的经历详细地告诉了研究海洋的科学家。科学家们经过考察发现，由于海水由西向东流动，导致旋涡面积逐渐扩大，当海水改变流向的时候大旋涡则会逐渐消失。

海洋旋涡是一种破坏力极大的自然现象，它是地转偏向力和水流惯性的共同作用所形成的。试想一想，人类一旦遭遇到如此天灾——这个海洋中的"龙卷风"，该怎么办呢？想逃脱，实在太难了。

旋涡的力量巨大，它有着自己的作用机理，对着那些沉重的物体，它可以轻松地"吞噬"，可面对那些很轻的东西，它却无可奈何。

阿南森没有被当时的危机形势吓得六神无主，而是利用了旋涡的这种特性，将塑料桶捆绑在身体上，加强自己的浮力，旋涡对这种轻飘飘的家伙可没有胃口，最终，阿南森利用自己的智慧，逃脱了几乎必死的结局。

阿南森的脱险，不仅拯救了自己的性命，还为那些同样遭此困境的人们，提供了一种自救方法呢。

遇到问题，首先要了解情况，弄清楚问题的关键，然后寻找最有效的解决途径。

女神礁上的104天

1 1962年7月4日,单桅帆船吐爱凯泡号在船长特维塔·费斐塔的指挥下,离开了汤加王国首府库阿洛法港。

这天,天气炎热,碧波蓝天,一切都好像在预兆这将是一次顺利的航行。此行的目的地是奥克兰——新西兰最大的城市,总航程是1250千米。船长特维塔亲自掌舵出港。特维塔是一名经验丰富的老船长,他和他的16名波利尼西亚船员在汤加国和新西兰之间的航线来往过无数次,对这条航线再熟悉不过了。

按计划,他们应该在20天后到达新西兰。可是一直到8月初,这艘船还没出现在奥克兰港,搜寻行动也毫无结果。这不能不让人着急。

原来,就在特维塔他们出发后的第三天,海上突然起了一阵剧烈的风暴,汹涌的浪涛把船冲击得一会儿上下颠簸,一会儿左右摇晃。海水灌进了船舱,由于单用水泵来不及排水,水手们只好用船上所有的器皿往外舀水,一刻不停地与惊涛骇浪顽强搏斗。

到了夜晚,风势不但没有减弱,反而更加凶猛。致命的灾祸随之降临,足有十来丈高的巨浪一下子掀起船身,把它抛到一块坚硬的岩礁上,接着,又一个巨浪接踵而来,把整个船只卷入了海底。幸好,就在两个恶浪同时扑来的一瞬间,船长大喊一声:"跳海!"17个船员就在这风急浪高、漆黑一团的深夜里几乎同时离开甲板。透过浪花,船长隐约看见前方有一座黑乎乎的小岛,便大声命令:"往那儿游!"

7月8日清晨,风平浪静,海员们聚集到那座珊瑚岛的沙滩上。船长清点了人数，17 个，一个不少。然而，就是从这天起，发生在 20 世纪的"鲁宾孙漂流记"式的故事开始了。他们赖以生存的珊瑚岛是一座荒岛，除了遍地的鸟粪以外，几乎没有任何生命的痕迹。船长命令大家分头在全岛搜寻一遍，结果非常令人遗憾，他们没有任何收获。接下来船长亲自潜到沉船附近海底，在散架的船骸里耐心寻找，终于找到几包救生饼干、一只陶制的水罐和一根橡皮管。让人感到欣慰的是，船长在一艘日本拖网船里居然找到一盒火柴。不过，他们没有鲁滨逊那样幸运，能在大船上找到一个工具箱，他们除了船长随身携带的小刀外，什么工具也没有。

几天以后，他们终于收集到了一堆木片，足够他们燃一堆篝火。傍晚时分，所有的人都聚集在木堆旁边，目光集中在船长的手上。他拿出第一根火柴轻轻地在火柴盒上划了一下，"嚓"，只擦了一下，火柴头就飞了出去。奇怪，火柴盒是干燥的呀？船长不敢相信地又划了第二根火柴，可惜还是没点着。船长又接连划了第三根、第四根、第五根火柴，但都没能点着火。现在就剩下最后一根了，在场的每个人都屏住了呼吸，在心里默默祈祷着，希望最后一根火柴能点燃。

"哧"的一声，火苗跳了出来。着了！总算着了！熊熊的火焰照亮了 17 张脸，也映出了 17 双眼睛里的坚毅。他们都相信，要不了多久人们就会把他们救出去。因为在这个海域经常有船只经过，而且美国本土、檀香山还有离汤加国不远的斐济群岛，以及新西兰的奥克兰之间定期有航班来往。

而且在那艘拖网船的船骸里，他们找到了一种颜料铅笔，里面还盛有少量白色颜料。为了给经过的飞机某种醒目的标记，船长让大家在岛上最大的两块平地上分别画了两个大大的"SOS"。为了不让火堆熄灭，船长安排了值班：一班专门照看火势，不管白天还是晚上不让火堆熄灭；另一班负责从拖网船上拆卸模板，同时注意观望四周海域；第三班休息。船长清楚地知道，在他们这种情况下，最可怕的莫过于无所事事，但是为了节省体力也不能过分劳累。

在拖网船里他们找到了一个大油桶，还有一个水桶，加上那只陶壶，都用来盛水。饮水只能靠下雨，可是现在这儿是旱季，即便把那些软体动物的外壳用上，也不能满足这么多人的饮水需要。幸好船长掌握制取淡水的方法。花了两天时间，他们用少得可怜的"原材料"制作了一个简陋的滤水器。有了水,他们的生命一半已经得救了。

那么救另一半的是什么呢?食物!

先前找到的救生饼干,经过船长精打细算的分配,到第十天就吃完了。没有吃的,他们开始试着捕鱼捉鳖,可是没有诱饵和工具,他们的收获十分有限。大家就这样对付着,过了一个月。

一天早晨,水手法泰·埃费斐死了。他起先坐在一块岩石上,不言不语。所有的人里面,只有他的身体最弱。船长见状,赶忙过去扶他,刚到他跟前,他就倒了下来。

"谁身边还有吃的没有?快过来!"

一位木匠师傅过来,递给船长一小块鱼。水手萨凯梯盛了水,准备喂给法泰的时候,他的头突然一歪,身子倒了下去。船长心里一紧。他经历了多少惊涛骇浪,这是第一次有水手死在他的身边。他不禁思考起一个严峻的问题:在食物极度缺乏的小岛上还能支撑多久呢?

以后的几天里,又接连死去了两个人。二名死者都用破布裹着,用有颜色的布标出"SOS"的字样,然后默默地投入大海,希望有人发现他们的尸体,然后找到他们。

两个月过去了,任何救援也没有来临。船长和大家每天都在巡视海面,可是没有一丝帆影,他终于顿悟:这个地方肯定偏离了航线。想到这里,船长把大家召集在一起,说:"50天来,我们总是等着别人来救我们,却没有一只船从附近驶过,大家说我们还要这么毫无作为地等下去吗?"

船员们面面相觑,不明白船长的意思,这时候,萨凯梯开口了:"船长,你是说……我们游出这里吗?"

"不,孩子,"船长摸着萨凯梯的头说,"游泳,我们没有体力,就是能游得动,也不知道需要多少天呢?我们为什么不利用拖网船上的材料造一只小船呢?"这是一个大胆的决定,可是这也是目前最可行的办法了。

14双手费了九牛二虎之力,终于制成了一艘小船。船身实在太小了,只能容纳三个人，大家一致让船长先上，另外的两个人经过抽签决定，分别是造船木匠和萨凯梯。

这天中午时分，三位勇士开始了前途莫测的航行。这一令人难以想象的航行竟然持续了一个月。10月14日，三个人同时在北方海天交接的地方发现了一条灰色的细线。

"陆地！"木匠大声喊起来，萨凯梯也跳了起来。中午时分，船长凭借自己的眼力和经验确定，前方是一座有人烟的岛。他们更加使劲地划动木桨。

总算上了岸，他们从当地一位居民那儿得知，这儿是斐济群岛的一个主岛。他们向英国当局叙述了遭遇的故事。第二天，当局就派出一架飞机，在女神礁附近的海面上放出几艘救生橡皮艇。终于，被围困了104天的海员们得救了。

看过《鲁滨孙漂流记》这本小说吗？它讲的是遭遇海上风暴却存活了下来的鲁滨孙，依靠着浪少的资源，在一个荒无人烟的小岛上生活的故事。而我们的故事则是真实可信的。

在孤立无援的大海上，没有足够的食物和淡水，也无法和外界联系，如果是我们，会怎么办呢？是安安静静地等着死神的召唤，还是艰难地存活下去，期待着渺茫的救援，又或是拼搏一把，即使死掉，也要无怨无悔呢？

特维塔船长选择了最后一种方法，长时间的与世隔绝没有让他绝望，反而让他求生的欲望更加强烈。结果也正如大家所想，他们获救了，这场生存大考验画上了最圆满的句点。

遇到困难，不能一味地依赖别人的帮助，首先应该自己想办法，最大限度地运用自身智慧和现有资源，结果注注会让你惊喜不已。

探索海底世界

一直以来,人们对神秘的海底世界充满美好的向往,很多探险家也把注意力集中到深海探险上,希望解开其中的神秘面纱,可是在很长一段时间内,人们都未取得突破性的进展。原因在于:水深每增加十米,压力就要增加一个大气压,水深达到一定深度时,压力就会使人难以承受。所以克服深海的巨大压力,就成为探险者们面临的最大难题。

美国动物学家、探险家威廉·毕比,在上大学的时候就对海洋动物研究感兴趣,1900年大学毕业以后,他一直潜心于深海探险。

1928年的一天,一个年轻的工程师来到毕比的办公室,他的名字叫奥蒂斯·巴顿,他将自己设计的深海探测的蓝图展示给毕比,并详细地讲解了自己的设计思路。原来巴顿根据"压力在地球表面上分布的最均匀"的原理,设计了一个球形潜水器。这个潜水器重2500千克,潜水器的钢球直径为1.5米,球体壁的厚度是3.2厘米,球壁上有三扇圆形熔凝石英窗户,这种窗强度大,透明度好,便于进行深海探测。潜水器的门用一个带螺栓的钢盖代替,用滑车可以启闭。潜水器的升降是由一根长1067米,粗约2.5厘米的钢索来完成的,潜水器连接在钢索的末端。内外联络靠一根装有电话和电灯线的橡胶管进行。舱内还备有氧气瓶,可以供探险者使用。潜水器里还放有一个盘子,里面放着石灰,可以用来吸收呼出的二氧化碳,氯化钙则可以吸收多余的水汽。

毕比详细地研究了巴顿的发明,认为它是比较理想的深海探测器,可以进行深海探测。同时，他也发现了一个不可忽视的问题，那就是这个探测器没有自动防止故障的装置，重力又大于浮力。一旦支撑它的钢索突然折断，它很可能沉入海底，永远不能浮出海面。其实，毕比早就想到了这一点，但是他也清楚，制造一个十全十美的深海探测器不容易，加上潜入深海探测心切，他决定要冒险尝试一次。见毕比如此喜欢，并且赞同自己的发明，巴顿立即与一家公司签订了合同，让他们依照设计图纸，尽快制造潜水器。

同时，毕比也开始四处奔波，寻找适合进行人类第一次深海探测的地点。经过反复研究和比较，毕比最后选定了百慕大群岛中的一个小岛附近，决定把那里作为下潜点，为此他事先在那里建立了专门的海洋学研究站。

1930年6月初，一艘大驳船载着巴顿发明的潜水器，以及毕比、巴顿和26名助手，前往预定的海域。他们在这里进行了多次演习试验，为即将到来的正式探险积累经验。

6月6日这天，海面上风平浪静，天空中万里无云，正式的深海探测就要开始了，毕比命令大家提前各就各位，做好准备。中午时分，毕比和巴顿进入潜水器，毕比坐在窗边，负责观察窗外的情况；巴顿坐在门边，负责检测仪表，一切准备就绪，毕比通过头戴的耳机式电话，大喊一声："开始封舱"，沉重的门盖被吊到对应的螺栓上，伴随着一阵震耳欲聋的噪音，门盖被牢牢地固定住了。巴顿立即对探照灯、氧气瓶、电风扇以及各种仪表进行了最后一次全面检查，然后他按下了"OK"的信号。甲板上的绞车启动了，潜水器被移到船的右侧，开始缓缓向海里降落。

潜水器降落进海水中，毕比和巴顿感到一阵轻微的震动。一阵浪花从窗边漫过，潜水器内外都成了绿色的世界，毕比被神秘而又美丽的海洋世界深深吸引住了。按照约定，每隔五秒钟报告一次情况，船上的人也和他们保持联络，随时通知他们下降的深度。当他们降到15米的深度时，毕比非常兴奋，这可是他过去穿潜水服到达的最大深度，现在终于能够突破这一深度，到达更深的地方了。到了30米深的地方，潜水器外面开始暗淡起来，光线也变得模糊起来。到了300米深处，巴顿"啊"

的惊叫一声,毕比和船上的人都吓坏了,原来舱里面不知什么时候进水了,巴顿发现的时候,水已经进了不少了。毕比打开手电筒一看,看到水不断地从门盖里往里渗,舱底上已经积了一些水。毕比立即命令,让潜水器下沉速度加快,这样可以利用

空气压力止住水的渗漏，而且能自动形成密封状态。听到他的命令，船上的助手们立刻按照他的命令去做，渗漏现象终于排除了。

350 米、360 米……潜水器还在持续下降。四周的光线开始由绿变蓝，透过探照灯的光束，毕比他们可以清楚地看到海底世界。探照灯映在蓝色的背景上，映出一道荧光，周围的景色迷人极了，第一次涉足深海，毕比和巴顿流连忘返。潜水器降到 435 米深的时候，毕比意识到不能再潜下去了，他果断地命令把潜水器回升到船上去。

当门盖被打开时，两位在深海探险一个小时的英雄，又重新回到了地面上。

第二天上午，毕比和巴顿对潜水器检修完毕，再次进入潜水器。这次，在球形潜水器下降的过程中，毕比开始对海洋色彩的变化进行科学的研究。当他们来到 45 米深处时，红色与桔黄色在光谱一半的范围内是蓝紫色，四分之一是绿色，剩下的四分之一是无色的淡光。到达 135 米处的时候，毕比看到，分光镜上只有紫色和极少的绿色。到达 240 米深处时，分光镜上只剩下一条浅灰色的细线，其他的什么也看不到了。

对海洋色彩研究结束后，毕比打开强光探照灯，开始考察深海生物。在 360 米深的地方，毕比发现了一条外形像蛇的鱼，尾巴是金属色，鳍是透明色的。

潜水器到达 435 米的深度时，它的承压力已经达到 2948.4 吨，毕比感到它的承压力快要到达一个极限，于是下令回升。

回升到 195 米深的地方时，毕比看到微小的银光鱼群在自由地游动，有一只水母还冲着潜水器游了过来。在 150 米深的地方，幼小的海鳗鱼悄悄靠近潜水器，毕比是通过它们那双彩虹般的眼睛，才确定是它们光临了。在水深 120 米的海洋中，发光的鳗鲡和灯笼鱼欢快地在水中游来游去……

在水下待了两个小时，两位探险者带着喜悦的心情回到了甲板上，成功地完成了这次海底世界的探险。

对于现代科技来说，海底已经不再那样神秘，海底探险也变得简单了许多。可是，请不要忘记那些海底探险的先驱们，正是他们踏出的第一步，才让我们逐渐认知了神秘莫测的海底世界。

二十世纪初期，宇宙已经被世人所了解，可是海底世界到底是怎样的呢，没人知道，因为科技水平无法使人们下潜到深海领域。普通的潜水服只能下潜至15米左右，再下潜，人体便不能承受海水巨大的压力。而且，海水压力随着深度成几何倍数增加，试想一下，上千吨的海水压在身上是怎样的一种感觉呢？

巴顿和毕比迈出了深海探险的第一步，他们的风险是巨大的，没有良好的保护措施，中途还出现了渗水的现象……这些都没有让两位冒险家浅尝辄止。而且收获还是巨大的，他们为人们带回了研究海底世界的宝贵资料。

两位勇敢的海底探险者，通过两次不寻常的海底探索，虽然遭遇了一些意外，但结局还是圆满的。

成功是一颗美丽的果实，却总是藏在荆棘之后。若是有人想去享用它，必须披荆斩棘，拥有坚韧的毅力和勇于开创的精神。

穿越"海上坟地"

马尾藻海是大西洋中一个没有岸的海,海上漂浮着大量的马尾藻。据说,自古以来,凡是误入这片"绿色海洋"的船只都会被带有魔力的海藻死死缠住,难以逃生。于是,人们把这片马尾藻海称为"海上坟地"。正因这样,马尾藻海无疑是一个能创造探险奇迹的地方。

亨利·巴库福特是一个热爱航海探险的英国大学生,1926 年 7 月,他和五位同学决定利用暑假驾驶一艘小帆船,横渡大西洋,前往美国去。那些富有航海经验的人得知巴库福特的计划,纷纷表示反对。在他们看来,乘坐一条没有安装引擎的小船去穿越大西洋,简直是胡闹。万一闯进马尾藻海,更是死路一条。但巴库福特却毫不在意别人的看法,他认为哥伦布几百年前能够做到的事情,他们今天也应该做到。

就这样,六位年轻气盛的小伙子乘着普罗·斯卡伊号帆船,从英国的普利茅斯港出发,开始了横渡大西洋的探险旅程。

前几天,海上风平浪静,航行十分顺利。可是,五天后,天气突变,暴雨伴随着狂风,铺天盖地向小船扑来,差点儿将船只吞没。巴库福特沉着地指挥着小船与狂风暴雨进行搏斗,没有一丝畏惧。三天后,海面终于恢复平静,但小船却受到了严重的破坏,船上的许多物品也被风浪卷走了。看到这一切,本来雄心勃勃的小伙子们都蔫了下来。

小船无法开动了,只能任其随意漂流。两天后,小船竟漂进了马尾藻海。可怕的事情还是发生了,巴库福特和伙伴们沮丧极了。

此刻,海面上水平如镜,一片静寂。举目望去,四处都是生长着茂密的海草,海草互相拉扯着,摇动着,空气里弥漫着一股令人掩鼻的臭味。

天色渐渐黑了下来,巴库福特独自坐在甲板上,苦苦思索逃生之计。不知过了多久,他忽然发现有两三条"白蛇"般的物体弯曲着身体爬上了甲板。这时,一股很难闻的气味飘进鼻子里,令人作呕。

巴库福特急忙站起身,只见那白色的东西正爬向他的脚下。他一阵心慌,连忙从甲板上捡起一根短棒,全力对准"白蛇"的头部狠狠打去。"白蛇"终于停止了动作,似乎死了。天亮以后,他才看清楚,昨晚上的"白蛇"竟是一根像章鱼脚那样的,长着一个吸盘似的海草,这真是令人害怕!

"不能再等下去了,否则只是死路一条。我们必须想办法闯出这吃人的魔鬼海。"巴库福特在甲板上踱来踱去。最后,他拿定主意,坚定地对伙伴们说:"我们要赶快弃掉普罗·斯卡伊号,带上干粮和淡水等必需品,改乘救生艇,划桨冲出这里。"

于是,六个人一起跳上救生艇,拼命地向海草稀薄的地方划去。但是,浓密的海草挡住了他们的去路。巴库福特立即下令:分成两组,前面的人用厚刃刀砍掉小艇前方的海草,后面的人奋力划船。就这样,小艇在开劈出的一条狭窄的航道上,艰难地前进着。

三天后,海草渐渐少了,海面显得开阔起来,最后,海草总算没有了。大家不敢怠慢,拼命地往前划。到了黄昏时分,木桨一下子突然变轻了。这时,每个人的双手都已血肉模糊,疼痛难忍。他们长长地舒了口气,扔掉手中的桨,累得全部躺下了。休息了一会儿,巴库福特艰难地爬了起来,抬头看了看四周,呈现在眼前的是一望无际的海面。于是,他打起精神,沙哑着喉咙,对大家说道:"伙计们,我们虽然已精疲力尽,但我们都还活着。不过,我们现在还没完全脱离马尾藻海,如果就此躺下,那我们岂不是前功尽弃了吗?我们一定要坚持下去,快,拿起身边的桨,划到陆地上去。"

巴库福特的话犹如一剂强心剂,给大家疲惫万分的躯体增添了无穷的力量。他们纷纷爬起来,咽了一口唾沫,抓起船桨,继续拼命地划了起来。

"瞧!前面是海浪!可以看见海浪了!"一名伙伴惊喜万分地大叫起来。

"我们终于来到外海了!"大家情不自禁地兴奋得欢呼起来。是的,他们终于来到了渴望已久的外海。

这时,一名船员举起了船桨,在空中拼命地挥舞起来,另一名船员则模仿着波浪声,大声地呼叫起来:"我们得救了!"

"伙计们,前进啊!让我们同心协作,把船划回可爱的祖国去吧!"巴库福特激动地说道。

患难与共的伙伴们互相拍打着对方的肩膀,以示鼓励,然后,他们又操桨划动起来。不久,他们遇到了一艘美国货轮。在对方的帮助下,六个年轻人彻底脱离了险境。

回到英国后,巴库福特和五个伙伴的历险经历迅速传遍了全国。人们在庆祝他们生还的同时,无不对他们凭借自己的双手和坚强的意志逃出"海上坟地"的行为备加赞扬。

哥伦布首次横跨大西洋,发现了美洲大陆,这是人类探险史上的一大壮举,是上千年来的第一次。由此可见,横跨大西洋可不是一个轻松便能够实现的任务,尤其实施者还仅仅是一群热爱航海探险的大学生,让任何一个有着丰富航海经验的人来评价,他们的评语应该都是:完全没可能。

几位大学生为了实现心中的愿望,勇敢地踏上了前进的道路。途中,他和几个伙伴遭遇了暴风雨,差点葬身海底,之后又随波漂流到令人闻风丧胆的"海上坟地"——马尾藻海,生死未卜。但是,面对险境,他们没有退缩,而是勇敢地与之搏斗,他的同伴受到他的感染,也都振作起来。他们齐心协力地划出了一条生路,创下了一项令人惊叹的航海奇迹。

自古英雄出少年。巴库福特和他的伙伴们的真实经历验证了这句名言,他们的探险故事也激励着我们要勇敢向前,把握机遇,不要让自己的梦想夭折。

没有做不到的事,只有想不到的事。只要战胜自己,就能战胜一切。

潜入洋底大裂谷

1910 年的一天，年轻的德国气象学家魏格纳在翻看世界地图时，忽然发现非洲和美洲大陆海岸的图形相似，在拼接后它们之间几乎没有间隙。于是，他有了一个大胆的推测：非洲大陆和美洲大陆原是连接在一起的，后来由于某种原因，发生了断裂，才一分为二，形成今天的样子。这个假设，就是著名的"大陆漂移假说"。那么，有什么证据能证明他的观点呢？由于受科学条件的限制，50 多年过去了，人们一直没有找到确切的证据。

20 世纪 70 年代初期，海洋学家利用先进的水下声纳探测技术，发现大西洋底有一条 40000 多千米横贯南北的中脊，中脊顶部则有一条极深的大裂谷。难道这条大裂谷就是两大陆分离时的见证吗？为了弄个水落石出，美国和法国科学家决定联合行动，实施了一项划时代的大西洋中脊海洋考察计划——"法姆斯海底探险"。

大西洋中部海域地形复杂，时有海底火山喷发。探险小组决定首先派遣法国阿基米德号深潜器前往探察。1973 年夏季，该船开赴大西洋海域，在极其严峻的条件下，冒险七次潜入海底 2000 多米深处，潜行 9000 米摸探地形，采集岩石样品总共 90 千克，采用水下摄影技术拍摄海底现场照片 2000 多张。首战告捷，科学家们获得了许多有价值的情报。

1974 年，探险行动正式开始。7 月 12 日，法国的阿基米德号、西亚纳号和美国的阿尔文号乘风破浪，载着两国的联合考察团来到特定地点。西亚纳打头阵，率先潜入水下。然而，当下潜到 1500 米深海处时，电动机忽然"哑巴"了。真是出师不利！

意外的故障迫使西亚纳号抛除压载上浮。约半小时后，深潜器外传来咔嚓一声巨响,伴随这沉闷的响声,深潜器猛烈抖动了几下。舱内三位探险家凭着职业的敏感,预感到碰上了海洋大生灵。果然不出所料,向外看去,只见海水中升起一团乳白色的云雾,透过云雾隐隐约约见到一个巨大的影子从眼前闪过去了。

"准是碰上了一条巨大的炮乌贼!"一位队员悻悻地说道。

好险!这种乌贼长约十米,重达五吨,幸亏深潜器坚牢,否则大家都吃不了兜着走。三个队员不禁深深地吸了一口气。但是,再危险,也得探个明白!他们决心第二天再干。

7月13日,西亚纳号再次探测。深潜器慢慢地潜入幽暗的大洋深处,小心翼翼地接近大西洋中脊顶部。这时,考察队员们个个全神贯注,警惕地向外观看。突然,一位地质队员指着窗外,兴奋地叫了起来:"快看,地球的伤痕!"

透过观察窗,一幅海底奇观跃然在每个人的眼前:炽热的液体岩浆和金属溶液不停地从裂缝中涌出,遇到冰冷的海水后骤然凝结,形成各种奇形怪状的样子。有的如一盘硕大的蘑菇,有的像挤出的牙膏,有的似一卷卷棉纱,有的像绳子,真可谓千姿百态,令人眼花缭乱。值得一提的是,裂缝中涌出的金属溶液的主要成分是锰,遇冷凝成锰块,堆积在一起便成为"露天"矿床。为防意外,考察队员们依依不舍地离开这块神秘之地,兴奋地返回驻地。

阿尔文号也跃跃欲试,迫不及待地要下海看个究竟。7月17日,他另辟蹊径,从另一方位潜入海底。这一次,深潜器不偏不倚地进入了裂谷底部。但是,谁也没有料到,这竟是一个陷阱。当探险员们反应过来时,深潜器已经陷进了一条几乎与它同样宽的狭窄裂缝之中。举目望去,裂缝两边布满尖刀般的岩石,令人咋舌。

操作队员冷静应战,准备应急慢慢浮升。不料祸不单行,正当队员们摸索前进的时候,大量的泥沙从峭壁两边上面崩塌下来,大有将阿尔文号埋在裂谷之势。形势十分险恶。探险队员们密切配合,献计献策,想出了许多办法试图摆脱绝境都无济于事。最后,他们决定让深潜器左右拼命摇晃,开辟出一条逃生道路。好在泥沙较轻,终于让道,经过一个半小时的顽强拼搏,深潜器终于逃出了这个可怕的死亡裂缝。

8月6日,阿基米德号的探险经历更富戏剧性。吸取了阿尔文号的沉痛教训,阿基米德号的队员们格外小心。他们以极慢的速度摸索下潜，但仍难逃厄运，依然鬼使神差地驶入了一个更加可怕的裂缝。这条裂缝弯弯曲曲，深潜器在航道上驶入了一个死胡同，岩缝极其狭窄，岩缝上横盖着一块巨大的岩石，犹如一块"棺材盖"，显然是无法上浮的；恰好峭壁之间又凹出一块巨石，深潜器也无法钻出去。怎么办？只有倒车退出。但万一倒车用力过猛撞在岩石上，深潜器撞毁可就没命了。探险家们没有惊慌失措，他们思来想去，终于决定采用一种土办法：像船家撑竿那样，利用深潜器的机械手推动岩壁，使深潜器沿着原路缓慢退出。这一招果然显灵，阿基米德号终于脱离险境，如愿以偿。

至此，"法姆斯海底探险"的计划宣告完成。考察结果表明，魏格纳的设想是正确的，也就是说，非洲和美洲大陆为"一母所生"。证据是，大西洋中脊有一上口宽25000—50000 米，下底宽约 3000 米，纵深达 2800 米的裂谷。

从高峻的山峰，到深邃的海底，从浩瀚的海洋到茫茫的宇宙，哪里有奥秘，哪里就有人类的足迹。即使面对任何艰难险阻，都阻挡不了人类探索未知世界的激情，也阻挡不了人类迈向全新领域的脚步。

然而，众所周知，深海探险要克服许多巨大的困难，尤其是早期科技尚不发达的时候，需要解决的问题更多，如：每下潜100米就增加10个大气压，而且，海底的能见度非常低，环境极其恶劣。因此，不论是对探险家，还是对深潜器，都面临严峻的考验和挑战。

这一次，科学家们为了证实"大陆漂移假说"的真实性，勇敢地潜入海底深处，即使在经历了几次惊心动魄的事故后，依然坚持在最前线，最后终于取得确切的数据，为人类进一步探索了解世界奠定了基础。

在困境中，勇敢的心和不败的信念是最好的伴侣。遇见危难时，有的人几乎不能自助，又不知如何忍受，于是困难倍增。有信念的人，就能克服困难，证服一切。要想渡过难关，就要有必胜信念。

熊爪余生

日本探险家植村直已,从 1964 年 8 月第一次孤身探险开始,先后征服了五大洲最高的山峰,并乘木筏漂流过险象丛生的亚马孙河,还驾着狗拉雪橇从格陵兰岛远征阿拉斯加。1978 年 3 月,这位 37 岁的探险家又孤身来到北极探险。

北极终年冰雪覆盖,气候寒冷,自然环境极其恶劣,遍地都是陡滑的冰山,还有令人无法预料的冰层断裂,稍不留神就会葬身深渊。尽管如此,许多探险家还是冒着生命危险到那里去。植村这次探险的计划是深入北极中央,征服地球的最顶端——北极点。

3 月 5 日,植村直已从加拿大北极群岛的哥伦比亚角出发,开始了这次危险的北极之行。可是没有想到,在出发后的第四天,他就遇上了一件可怕的事情。那天深夜,在暴风雪中奔波了一天的植村直已躺在帐篷中休息,突然,一阵北极狗的狂吠声把他从睡梦中惊醒。"该死的畜生!"他咕哝着,继续躺着不动,因为实在太累了,他需要好好地休息一会儿。谁知他刚闭上眼睛,就听见帐篷外传来一阵沉重的脚步声。"天哪! 北极熊光临了吗?"他竖起耳朵,仔细辨别着。脚步声越来越近,还夹杂着"呼哧呼哧"喘气的声音,看样子非北极熊莫属了!

然而,遗憾的是,他的来福枪虽然就在身边,但是子弹还没上膛,抵抗是来不及了。不过,植村想到一个办法,躺在厚厚的羽绒睡袋里,一动不动地装死。因为他知道,北极熊通常不吃死去的动物。

躺好没多久,北极熊就走近帐篷了。它先是用鼻子嗅了嗅帐篷外面的狗食,随后又咬破了盛放海豹油的塑料桶,大嚼一顿之后,慢慢地向帐篷逼近,一边走一边鼻子贴近帐篷拼命闻。他屏住了呼吸,注意着北极熊的一举一动。

突然,"嗤"的一声,北极熊猛地撕开了帐篷,朝着他的头部扑来。顿时,一股恶臭味向他袭来。"哎呀,北极熊!"他刚刚在心里叫出这几个字,一只大大的熊掌已伸过来,霎时间,一股冰冷的液体顺着他的太阳穴往下渗。眼下已到了生死关头,他再无其他办法,只好闭上眼睛,继续屏住呼吸,等待灾难的降临!

北极熊在他身边来回走动着,用嗅觉灵敏的鼻子,嗅嗅这里,闻闻那里,反复在植村身上触摸着,似乎疑惑不定。它不相信,好不容易找到的"食物"会是死的,就不甘心地咬住睡袋的一角,猛地掀翻过去。他的身子被翻转过来,恰好撞到了架子上的汽油炉,而那东西不偏不倚恰好砸在他的腿上。顿时,他疼得直咧嘴,但他强忍着,不敢喊出声。疼痛倒罢了,在他被翻转的同时,嘴巴和鼻子埋在厚厚的积雪里,憋得他几乎透不过气。但他努力坚持着,仍旧纹丝不动。时间一秒秒地过去了,他感觉自己快要支撑不住了,终于,北极熊放开他,开始折腾帐篷里的东西,最后,又过了一阵,北极熊吃完帐篷里他备用的食物,这才悻悻地离开帐篷,向远处走去。

确定北极熊已走远,他用尽最后的力气,翻过身来,大口大口地喘着气,活动冻僵的手脚。终于逃脱了厄运,他拉开睡袋,钻了出来,向外层帐篷望去,发现北极熊已经没有了踪影。于是,他找到来福枪,再装满子弹,摸黑穿上外衣,将就着过了一个晚上。

第二天,植村直已又精神百倍,开始了新的旅程。通往北极的道路真是艰难啊!已经过去了两个星期,可哥伦比亚角依然遥不可及。他以顽强的毅力,在冰天雪地里坚持奋战着。由于积雪太深,狗拉雪橇前行的时速很慢只有十千米,然而就在这时,一场新的考验又来了。

4月17日晚上,帐篷四周可怕的冰裂声响了一整夜,他那天晚上也没有休息好。第二天清晨,他走出帐篷察看,不由得大吃一惊,原来,靠近帐篷的冰层已裂开了一条30厘米的裂缝。他赶忙卷好帐篷,驾着雪橇离开了这里。

越过三座冰山,一片连绵的乱冰带呈现在植村直已眼前,乱冰在缓缓蠕动,犹如流淌的河流。他站在一所冰塔前向四周望去，听见脚底下传来阵阵响声，原来浮冰从那儿漂来，这让他十分惊奇。他走下冰塔，直接进入浮冰带，用脚在一小块冰上试了试，发现没有海水渗出来。事不宜迟，他赶到冰塔下，驾着狗拉雪橇滑进浮冰带，不到半个小时，就到达一座小冰岛。他知道，冰块正在以每小时 200 米的速度移动，这个时候是没法驾着雪橇渡到对岸的。

他在岛中央支起帐篷，刚想进去暖和一会儿，只听"咔嚓"一声，前方不到 20 米的地方又发生了冰裂。很快，他发现自己已陷入险境，浮冰带在不断流动，浸水面在不断扩大，六七米高的冰山随着巨响掉进大海，过一会儿，又冒出头来。而他身陷在百十米宽的浮冰上，进退两难，并且随时都有掉进汪洋大海的危险。

他开始惊慌起来，一边收拾帐篷，一边思考对策。就在这时，他看到浮冰带中间浮着一个小冰岛，也来不及多想，便向狗群发出命令，可是北极狗竟吓得不敢跳过去。植村知道这是唯一的机会，成败也就在这一刻。他毫不犹豫地从雪橇上抽出铁棒，绕到蹦跳着不敢前进的狗旁边，大声吆喝着，把铁棒对着雪橇前面的绳索打下去。北极狗一惊，一起跳上那座冰岛。几经周折，终于登上了对岸的冰山，逃离了险境，他回过头，再寻找刚才的那块浮冰时，那里已经是一片汪洋大海。好险哪！

又一次战胜死神，这更加坚定了他成功的信心，于是，他向着目的地全速前进。4 月 9 日下午 6 时，他胜利抵达北极点，结束了长达 50 天的探险生活。

一个人身处北极，遇到这种可怕的北极熊该怎么办呢？自己躺在睡袋里，枪里也没有子弹，如果选择挣扎逃脱，恐怕还没有从睡袋中出来，很可能已经成为北极熊的一顿美餐。

如此紧急关头，植村直己没有手忙脚乱，而是利用自己的智慧与北极熊进行了一番"较量"，最终成功保住了生命，逃过一劫。

众所周知，北极熊以肉食为主，一般捕食海豹等动物，它们对死去的肉食毫无兴趣。正是北极熊的这个习性，给了他逃脱的机会。他在紧急时刻选择装死。北极熊在他身上嗅来嗅去，并把他翻了个身，发现他依旧一动不动，便以为他真的死去了。

在那种情况下装死需要极大的自制力，稍有不慎就会被北极熊察觉，当做美食吞掉。幸好他智慧过人，并且有坚强的毅力，最终成功地完成了自救。

北极熊可怕吗？是的，但它面对着充满智慧的植村直己，却无可奈何。这则故事告诉我们，一旦人类合理地运用智慧，完全可以打败比我们强大数倍的敌人，即使身处险境，也能够化险为夷。

勇斗大王乌贼

大王乌贼是世界上最大的无脊椎动物，它长年生活在太平洋和大西洋的深海水域里。巨大的身体足足有 20 多米长，十条手臂环绕在身体周围。更可怕的是，它是一种凶猛的食肉动物，海里的生物都非常怕这样的大家伙。

奥东科和普拉蒂是葡萄牙著名海洋生物学家，他们因为共同的兴趣而结合，生活中也是一对相依相伴的夫妻。2005 年初，葡萄牙一家海洋生物博物馆邀请他们共同抓捕一条体长超过 12 米的大王乌贼。博物馆打算捉住后把它做成标本放在馆内供游客参观。他们夫妇接受了这次邀请，踏上了捕捉大王乌贼的路程。

3 月初，由九人组成的捕捞队从里斯本港口出发，来到大西洋公海。这片海域平均深度约 2000 多米，是大王乌贼们常常出没的地方。前不久，渔民在这里发现了大王乌贼的行踪，他们得知后就准备在此守株待兔。捕捞队员们把巨大的拖网放到海里，等待大王乌贼。然而捕捞队在此徘徊了足足一个星期，根本没有看到大王乌贼的影子。

3 月 15 日，天气晴好，海面上微风徐徐。船长纳桑卡决定，如果今天再见不到大王乌贼，他们就先返回休整。毕竟他们这次出来已经十余天了，需要回去补充些物品。

整个上午过去了，水下情况还是没有任何动静。吃过午饭，大家正在休息，突然察觉到船身猛地一震。难道是他们下的网网住了大王乌贼？

一个船员跑出去看，刚伸出头，意外就发生了，一只大大的触手把船员拖进了海里。大家跑出来后发现船舷周围有几只大触手，整个船不停地颠簸。此刻他们才意识到，大网网住了大王乌贼，但是它怎么还能够攻击人类了？

　　大王乌贼强有力的触手不停地掳走出现在船舷边上的一切物体,人们心惊胆战。为了不破坏标本,船员们不能用刀砍或枪击,只好用棍棒击打。大王乌贼的触手缠绕住了一个船员,大家尽全力解救他。大家发现船员身上有一块巴掌大的肉已经被大王乌贼强大的吸盘给吸掉了,露出血淋淋的伤口,被触手缠绕过的地方也是一片伤痕。

　　船长命令启动机器,把拖网拉上来。随着拖网徐徐上升,人们看见了一条身长足有20米的大王乌贼浮出水面,它在网中奋力挣扎着。坚固的拖网已被它咬出几个窟窿,长长的触手从那里面伸出来,庞大的身躯仍在网中。人们正在惊叹眼前所看到的景象时,突然船身再次震动。原来由于慌忙中误操作,船竟然搁浅在一片珊瑚礁上,而且拉动拖网的装置也发生了故障。拖网还没有完全露出水面。人们眼睁睁地看着拖网中的大王乌贼缓缓地淹没在海水中。如果不及时把大王乌贼拉到船上,它很快就会从拖网里挣脱出来逃走。

　　为了不让这次行动无功而返,奥东科和普拉蒂他们决定亲自去水下走一趟,他们两人熟悉大王乌贼的性情,而且又是资深的潜水员,他们对这次任务信心满满。但是船上的人都明白,海底洋流复杂,被困的大王乌贼随时都有可能要了他们的命。在大家敬佩的目光中,他们二人穿上潜水服迅速潜入水底。

　　虽然海面上阳光和煦,可到海底十米左右已经是漆黑一片了,他们只能借助头盔上的探照灯看清周围物体。拖网此时已经降至水下60米左右,很快他们就找到了正在水下挣扎的大王乌贼。此时他们才完全看清,这是一只雌乌贼。奥德科和普拉蒂举起了麻醉枪准备实施麻醉,就在这个时候,普拉蒂突然被什么东西重重地撞击了一下,手里的麻醉枪掉落。她回头一看,一只更大的雄乌贼正瞪着凶残的大眼睛,狰狞的触手马上就快碰到她了。

　　幸好奥东科发现了,他迅速朝雄乌贼开枪,慌忙之中麻醉枪打歪了。奥东科准备再放一枪,但一股强大的暗流将他冲到一边,这一枪依旧没有打中。此时雄乌贼一只触手卷住了普拉蒂的腰部,奥东科怕伤着她便没有再开枪,而是偷偷游过去,掏出匕首刺向乌贼的触手，妻子脱险了。可是雄乌贼的其他触手再次挥舞了上来。此时，拖网中的雌乌贼看到同伴来了，精神似乎也好了起来。它也从拖网中伸出触手虎视眈眈地注视着眼前这对敌人。数十条触手围着他们，而且触手上有强大的吸盘，他们的处境非常危险。

面对眼前的情形，他们只好放弃原计划，寻找机会逃脱。可是他们又无法迅速上浮，因为压力的陡然减少会导致致命的减压病。于是他们携手向附近一个珊瑚洞游去。然而这个洞口却成了陷阱，珊瑚洞虽然看着大，里面却很狭窄。一进去，普拉蒂的潜水瓶就卡在了狭窄的岩壁上，身体丝毫不能动弹。她被卡的位置据洞口只有五六米，如果雄大王乌贼过来，它长长的触手足以袭击到她。奥东科试着拉她出来。但是她身后的瓶子卡在洞里，根本拉不动，他担心过分用力会把氧气筒扯开。妻子示意他赶紧离开，毕竟两人在一起更容易吸引雄乌贼的注意。

果然，雄乌贼发现了他们，而且一步步地逼近。两人都快要绝望了。突然间，雄乌贼转身朝另一边游去了。他们这才发现，远处有一条巨大的抹香鲸。大王乌贼是它们的美餐，它们一相遇肯定有一场生死大战。奥东科一边观战，一边解救普拉蒂。奥东科趁机将普拉蒂拉出了珊瑚洞。他们慢慢上浮，在浮到拖网上面时，奥东科将绳索割断，雌乌贼很快钻出拖网。他们浮到海面上，科考船迅速将他们拉上去。虽然他们没有成功地抓捕到乌贼，但水下雄乌贼奋力营救雌乌贼的一幕却十分令人感动。

想抓一只大王乌贼制作标本，可不是一件容易的事情。大王乌贼是一种攻击性很强的动物，不会坐以待毙，巨大的触手是致命的武器。

突如其来的困难很可能让人身处险境，当我们无法避免的时候，就需要勇敢地面对现状，要知道，机会总是留给有准备的人。尽管经验丰富，奥东科夫妇还是差点葬身大王乌贼之手。

奥东科在危急关头没有放弃妻子，坚持想尽一切办法解救普拉蒂。终于，机会来了，大王乌贼的天敌——抹香鲸出现了，奥东科夫妇才能趁机逃出险境。

面对突然来袭的困难时，要沉着冷静地应对，这是人们战胜困难的一个法宝。

冰海生死搏斗

1983 年 2 月 3 日，两位科学家携带着考察仪器，向一架银灰色的直升飞机走去。他们一位是中国海洋生物学家蒋家伦，一位是澳大利亚细菌学家伯克。他们将在澳大利亚的南极基地戴维斯站搭乘直升飞机去爱丽丝海峡考察。

十点，他们到达爱丽丝海峡，这里离戴维斯站十千米，气温-2℃。岩石上有一座小屋，里面贮藏着衣服、食物、无线电收报机以及海上航行工具，他们把一只专用的小木船抬出来，放进海里，然后把一切必要的东西都放在船上，11 点整，他们下海了。

蒋家伦操纵着舵柄，掌握着小船的航向。伯克则一次次把探海仪放到海里，测量海洋的深度。一切都进行得十分顺利。

可是，没过多久，天空云层忽然加厚，湛蓝的天际变成了灰白色，蒋家伦望了望天空，似乎预感到什么。11 点 20 分左右，一条灰白色的云带，突然向他们扑过来，没等他们做出任何措施，一股巨大的狂风就把小船抛向了浪尖。狂风呼啸，恶浪翻滚，能见度陡然降到最低，气温从-2℃降到-15℃。紧接着，舵柄失灵! 最要命的是，关键时刻发动机熄火! 小船失去控制，任凭狂风巨浪扭打着向一座冰山飞去。

"快! 快跳海，跳海!"小船飞起的那一刻，蒋家伦朝伯克大叫道，同时自己也跳进了海水中。刹那间，凶猛的风浪就把他们两人吞噬了，打昏了。

苦涩的海水灌进蒋家伦的嘴里，冰冷的海水刺激着他的皮肤，入水 30 秒后，蒋

中国青少年智慧阅读书系

家伦迅速清醒过来,他意识到这是一场灭顶之灾!

小船被撞得粉碎,伯克已经不见了。伯克在哪里呢?忽然,蒋家伦模模糊糊看见几十米外有个身影,啊……是伯克!他想大喊,可是气温太低,他冻得喊不出声来。怎么办?还好,蒋家伦从小就练了一身好水性,此刻,他拼命游着,想找到陆地。狂涛巨浪中,蒋家伦奋力地在冰冷的海水里游着。

终于,蒋家伦发现离自己100多米的地方就是海岸,他一下子来了精神,向岸边猛游过去。这时,恰好一块浮冰向他靠近,蒋家伦感觉命运之神在向他招手,他不顾一切扑向浮冰。可是几次碰到了浮冰的边缘,手、脚和小腿也被划破了,但是就是抓不住冰块。就在这时,一个大浪掀了过来,他被推上了浪尖。在下跌的时候,他猛然发现那块浮冰正向自己这边倾斜,于是他抓住机会,随着下落的海浪,猛地爬上了那块坚硬的冰块。

"太好了,终于爬到浮冰上了!"蒋家伦感到一阵欣慰。巨大的冰块随着风浪一点点朝岸边移动,一米,两米……载着他向岸边漂去。忽然他看见伯克已经爬上了岸,正在那里搓着自己的身体。

"伯克……"蒋家伦用最后的力气喊出来,伯克抬起头,也发现了蒋家伦。可是正当他朝蒋家伦挥手时,一个巨浪把蒋家伦从浮冰上打落下来,他又被海浪吞没了。

伯克来不及多想,一纵身跳进海里,向蒋家伦游去。好不容易,两个人才爬上了岸,紧紧地拥抱在一起,沉浸在喜悦当中。忽然,伯克大叫起来:"完了,我们完了,直升飞机……这里不是我们的直升飞机降落的海滩!"蒋家伦脑袋"嗡"的一声,是啊,这里没有吃的,没有取暖的小房子,也没有设备发出遇难信号,什么也没有。直升飞机五小时候以后就会过来,可是来了也找不到这儿,这对于濒临冻僵的他们来说无疑是雪上加霜。想到这些,蒋家伦顿时失去了知觉。

不知过了多久,蒋家伦苏醒过来,他冷静地思考着目前的处境,想着脱险的办法。终于,他可以说话了,他对伯克说:"我们必须离开这儿,不然飞机来了也不会发现我们。"

"那怎么办呢?"

"我们爬到最高处的那块岩石上去。"

于是,他们相互鼓励着、搀扶着,向附近最高处的山坡一点点挪动。

蒋家伦一边爬一边想,无论如何要有一个人爬上最高处的岩石。但是没过多久,他就昏了过去。等他睁开双眼的时候,瞧见伯克留下的血迹,知道他已经向前爬去了。可是眼下,自己是一步也挪不动了,他明白死亡已经向自己接近。作为南极考察的科学家,他懂得严寒的厉害。寒冷足以把人杀死!他不甘心就这么死去,在脑海里不断搜索着脱离险境的办法。

忽然他想起来在国内学过的气功,这个或许能维持一阵生命!他默默运气,加强血液循环,意守丹田,用气来增加热量,以维持生命。就这样,他不停地运气,让血液一直处于循环状态,坚持了一个小时又一个小时,最终他还是失去了知觉。

戴维斯站,一阵尖利的警铃声响彻了整个站,所有人都知道,这是有人遇难的信号!布雷兹站长绷着脸,注视着送来的气象云图。他明白,爱丽丝海峡出现了罕见的风暴。工作人员过来汇报,直升飞机没有发现目标,也没发现任何船只和人员。布雷兹站长一挥手,命令道:"让飞机下降高度,仔细搜索爱丝海峡沿岸地区!"他担心蒋家伦他们能否逃脱这场突如其来的风暴。

突然,无线电报话机里传来飞机驾驶员的声音:"戴维斯站,戴维斯站,在爱丽丝海峡西岸岩石上发现目标!"布雷兹站长立刻抓起话筒,大声命令:"马上降落,赶快救人!"

很快,两位遇险的科学家被送进了戴维斯站医务所。后来,年轻的伯克身体很快就恢复了,蒋家伦在昏迷了一段时间之后也脱离了危险。

南极、冰海、恶浪、低温……想想都让人觉得可怕，两位科学家在毫无人烟的南极冰海中遭遇了天灾，坠落海中，更糟糕的是，没有通讯、食物和御寒衣物，在零下几十度的冰川之上，要怎样存活下来呢？

为了自救，蒋家伦和同伴努力地寻求一切生机，寻找最有利的途径进行脱险。这是一次冒险，也是一次人类智慧和大自然恶劣环境的拼搏。

被卷进海浪里时，他体力不支，无法游到岸边。于是，想到借助浮冰，爬到浮冰上，趁着风浪把自己推上浪尖又抛下来的机会，爬到浮冰，最后回到海岸上。因为大浪此起波伏，有可能把浮冰推向岸边，这样可以节省体力，而且避免在寒冷的海水中冻僵，以至于死亡。

在向山坡挪动时，他想到爬上当地最高的岩石上去，在那里飞机驾驶员容易发现他们，他们也能立刻获救。事实证明，他的判断完全正确。

正是蒋家伦多次正确的判断，这种厚积薄发的智慧充分的发挥，才使他和同伴最终得救。

危险，并不可怕，可怕的是遇到危险时丧失生存下去的勇气。只有自己尚存活下去的希望，便能够发挥自己最大的潜力。

惊心动魄的北极之行

取得探险格陵兰成功之后，挪威探险家南森计划到北极去，探索广大北极地区的奥秘，这个航程大约需要二至五年。

行动方案一公布，立即得到了政府和国王的资助。南森他们专门制造了一艘特别的船只，命名为"前进号"，他在船上储备了够用五年的燃料、食品和其他供应品。1893年6月24日，前进号开始正式向北极地区航行。

一个月后，他们绕过挪威的最北端，驶向北极海域。可是不久，前进号就被厚厚的冰块围住，四面看不到海水，只有一望无际的冰原，这些都是漂移的浮冰块，一不留神就会发生碰撞。浮冰一块堆积在一块上面，形成了高达4.5~7.5米的冰脊，前进号的处境十分危险。

10月9日，大家担心的事情终于发生了。一声震耳欲聋的巨响，船体剧烈摇晃，就像地震来临一样，冰堆上下起伏，向前进号挤压过来，船边垒积的冰堆几乎触及桅顶……万幸的是冰没有把船压垮，只是像南森预料的那样把船抬起来了，压力减小之后，船又慢慢地落下来，船上的人都惊吓过度，出了一身冷汗。

遭遇一场惊险后，前进号就像行进在一个冰峡谷中，缓慢向前漂移着。就这样，随着船缓慢地移动，时间过得飞快，转眼已经是冬去夏来。1895年3月初，前进号到达北纬85°57'，这是人类历史上第一次进入北冰洋的中心地区。南森终于证实，北极是一片冰雪海洋，没有陆地。冬天来临的时候，南森带着一个助手离开前进号，用狗拉雪橇、皮艇和滑雪鞋从冰上直奔北极极点，然后再从北极南面几百千米处的一群岛屿返回。他们与前进号的目的一样，只不过是靠洋流前进。

　　最初的几天，他们乘着雪橇，在平坦的冰面上前进得很顺利，每天可前进 20 多千米，如果这样的速度保持下去，他们不久就可以大功告成。然而好景不长，没过多久他们就陷入了由无数冰脊组成的迷宫当中：一堆堆冰砾布满了冰脊之间的通道，雪橇经常翻车，他们不得不花大力气把它们扶起来，甚至有时候还要抬着它们翻越冰包。

　　这段时间里，他们汗湿的衣服在晚上被冻成铁衣甲胄，举手挪步，甚至于能听见"咔嚓"的冰渣声。如果把衣服脱下来放在冰上，也能笔挺地站着不倒。然而，就在这种情况下，海面上出现了冰水交替的现象，他们几乎是寸步难行，不仅如此，还发生了一件可怕的事情：南森他们迷失了方向。白天，他们每天前进几十千米后，晚上回来一测量，却发现又停留在昨天的位置。于是他们拼命向北跑，可是浮冰却向南

移动，他们的行动无异于徒劳，没办法他们只得原地不动。万般无奈之中，南森提出改变计划，决定放弃向北极挺进的想法。这个时候，他们从离开前进号起，已经走了200千米，离北极只差360千米了。经过反复权衡之后，南森觉得过于冒险，而且得不偿失。决定放弃原先要登上北极点的计划，与约翰逊向南面的法兰西约瑟夫群岛撤退。

这时候，北极的冬天来到了，漫天风雪，到处是冰，并切断了南森他们的南撤路线，他们只得在岛山寻找石穴过冬。粮食很快就吃光了，他们不得不忍痛杀掉爱斯基摩狗。最后为了解决冬天的食品，他们只好出去打海豹。一次，约翰逊正在冰面上工作，突然，在脸重重地挨了一巴掌，他立即被打倒在地，头晕目眩，待定神一看，天哪，一只白熊正压在他身上。约翰逊急忙伸出一只手，死死卡住白熊的喉咙，另一只手拼命与白熊搏斗。不料，他的举动惹怒了白熊，它张开血盆大嘴就咬了过来。天哪，约翰逊闭上眼睛，痛苦地等待死神的降临。这时候，远处传来爱斯基摩狗的叫声，北极熊朝狗那边望了一眼，随即扔下他，"嗖"地窜到爱斯基摩狗那边去了，约翰逊这才得以脱险。

就这样，过了十个月的荒岛生活，南森他们终于在1896年8月回到离别三年多的祖国。

在前往北极点的途中，南森和约翰逊遇到无法克服的困难，他们没有继续冒然前行，而是经过反复权衡利弊得失之后，选择放弃。其实他们这种做法是十分明智的。

毕竟北极的自然环境和天气都十分恶劣，稍有闪失，就可能会失去生命，与其拿自己宝贵的生命与冰雪进行斗争，还不如选择放弃。很显然，南森的选择是正确的，他懂得在强大的自然面前，人类的力量是渺小的，适时的放弃既可以保住自己的性命，又为人类了解北极提供了宝贵的资料，这何尝不是一种收获呢？

懂得适时的放弃也是一种智慧。面对无法克服的困难时，如果我们无法解决，就应该选择放弃，因为放弃是为了收获更多。

北 极 探 险

琳达和丈夫杰克都是法国生物学家，1997 年 7 月，他们来到北极圈附近进行考察。这次考察的主要目的是为了更全面地了解北美驯鹿。

这里是加拿大西北地区人迹罕至的冻土地带，位于北极圈偏北。他们携带了丰富的器材在此扎营，准备进行长达一年的研究。一切刚刚安顿下来，他们还没来得及和当地政府取得联系，7 月 14 日晚上，突如其来的闪电引发了森林火灾，等他们察觉到的时候已经是第二天早晨了。

森林大火的势头相当猛烈，所到之处树木成为焦炭，一些来不及逃生的动物也化为了灰烬。不断蔓延的大火渐渐逼近他们的营地，情急之下，杰克做出决定，他们必须尽快逃到河对岸去。的确，附近方圆几千米全是密密麻麻的原始森林，如果全都烧起来了，他们根本无路可逃，只有约 1000 米宽的河阻隔起来的对岸，看起来相对安全。

两人迅速收拾好东西，以最快的速度撤离。可是他们的营地各种野外设备齐全，在短时间之内完全搬离并不容易。于是他们首先把最重要的指南针、地图、食物、衣服、睡袋等必需品运到对岸，然后再返回来搬帐篷、雪橇和摄影器材。火势不断逼近着，两人与火比赛速度。就在他们刚刚把帐篷等东西装好，大火烧过来了。

杰克和琳达踏上小船，正在暗自庆幸，此时一阵大风刮来，小船开始摇晃起来。杰克努力控制着船体的平衡，一股巨浪打来，小船被掀翻了，两人全都落入了水中。杰克当即被砸晕，水中泛起片片红晕。水流很快就把杰克卷走了。琳达一边在水中叫喊，一边忍不住流下眼泪。

浓烟一股股地传来，琳达刚从水中探出头来深吸一口气，马上被呛得大咳不止。她奋力地朝岸边游着,可是河水冰冷刺骨,一会儿工夫,她的手脚开始僵硬,头脑开始发晕,似乎快支撑不住。突然,琳达感到一只强有力的手托着自己,回头一看竟然是杰克。

杰克的头顶还渗着血,他一只手托着琳达,另一只手不停地划着。他们一起朝岸边游去,只是杰克的速度越来越慢了。眼看他们马上就到岸边了,可杰克由于失血过多显得非常虚弱。琳达看到杰克张了张嘴唇,但是没有说出一句话来。又过来一阵急流,杰克被冲向下游。琳达伸出手,可是怎么也抓不到他。琳达歇斯底里地喊着杰克,可是一切都晚了。琳达咬着嘴唇,告诉自己一定要坚强地活下去,完成丈夫没有完成的遗愿。

琳达勉强游到对岸,爬上岸就晕了过去。直到黄昏她才醒了过来,想起森林大火和丈夫杰克,她的眼泪忍不住又一次掉落下来。此刻她的头脑还是昏昏迷迷的,直到7月16日早晨琳达才又清醒过来。如今她已经一天没有吃东西,衣服早被河水浸透。而且他们的营地由于刚刚建起来没来得及向加拿大政府通告,大家并不知道这片起火的原始森林中会有人。因此她只能自救,否则她将成为野狼的腹中之物。

可是自救谈何容易?她根本不知道自己现在身在何处。怎么能找到他们抢救出来的放在河对岸的东西?琳达盘算着,如果能找到那些东西,或许还有一线的希望。

琳达又累又饿,凭着记忆向上游走去,经过两个多小时的艰难跋涉,她终于看到他们存放在岸边的物品,心中燃起了再生的愿望。她吃了些食物换上暖和的衣服,渐渐地恢复了生机。随后,琳达考虑如何才能与救援人员取得联系。她知道,100多千米外的坎维拉湖有个救援队,如果自己能到达那里就能获救了。她稍微休息了一会儿,便开始收拾行装,装上了指南针、地图、睡袋、食物等一些必备的用品出发了。

北极的夏天气温相差极大,白天热浪灼人,但是到了晚上却又寒气逼人。为了能尽快到达目的地,琳达正午也在赶路。走了大约一个多小时,她浑身的衣服已经被汗水打湿了,而且身上被蚊虫叮咬了许多疙瘩。最令人崩溃的是她觉得自己似乎迷失了方向。

中国青少年智慧阅读书系

就在琳达有些绝望的时候，突然她发现了前方有一处人工开凿的路。走近一看，仿佛是寻矿者开凿的。那么顺着这条路走下去，或许就能遇到探矿的人。于是她便顺着路走了下去，可是走了大约一两个小时就被一条宽宽的大河挡住了去路。她试图从旁边的森林中绕过去，于是只好再一次踏进了原始森林。原始森林里树木茂密，很容易迷失方向。琳达一边走一边做着记号，可是走了许久后，她发现自己竟然又回到了原地。此时天色已黑，原始森林中随时都有可能出现野兽，琳达只好找了个地方，点起一堆篝火，吃过东西后躺在旁边慢慢睡着了。

到了 7 月 17 日早晨，琳达又踏上了寻找救援地的路程。凭借丰富的野外生存经验，她终于走出那片原始森林。可是还没等她高兴多久，前面的一条河流又挡住了她的脚步。她不想再绕路了，于是便打算直接游到对岸去。琳达脱下身上的外套，连同其他物品一起举在手上下到河里。河水不算浅，有的地方河水已经快要漫过她的脖子了，好在没有更深的地方了。不一会儿，她便到了对岸。上岸后她稍微休息了一会儿就继续向前进了。

那天，她正躺在树边上休息，突然听到一阵喘息声萦绕在自己的耳边。原来是一只棕熊靠近了她，在她脸上嗅着。琳达害怕极了，但她强迫自己装死。她知道，熊对食物是比较挑剔的，从来不吃死了的东西。终于，熊嗅了一会儿见没有任何动静，就拖着肥胖的身子慢吞吞地离开了。琳达心中狂喜，但她依旧不敢有什么动静。直到熊走得看不见了，琳达才起身离开。

几天后，琳达到了一处湖泊面前。她站在旁边的大石头上眺望，隐隐约约看见了湖面像南伸出了一截。难道这湖就是奥波瑞湖吗？她打开地图来看了看，最终确认。达坎维拉湖就在奥波瑞湖向南十千米的地方，琳达非常兴奋，这意味着她马上就能找到救援队了。

7 月 20 日早晨，琳达打起精神终于在中午时分赶到坎维拉湖。可是她明明已经到达了地图上标识的救援队所在的方位，却怎么也找不到救援队。由于体力不支，琳达摔在地上，指南针顺势掉了出来。她无意间瞅了一眼指南针，竟然发现指南针的方向出现了偏差。这么一来她今天的路不是全都白走了吗？原来从奥波瑞湖开始就已经偏离了正确方向。

　　琳达绝望地躺在睡袋里休息,食物已经吃光了,接下来怎么办呢?琳达拿出杰克的相片发呆,她回忆起和杰克走过的日子,那些点点滴滴都映在她的脑海里,正是这份强烈而炽热的感情给了她无比的信心和力量。

　　第二天早晨,琳达又踏上了艰难的路程,此时她的脚已经磨得不成样子了,每走一步就像是美人鱼踩在刀尖上一样。但是她不能放弃,希望就在眼前了。终于,六个小时后,琳达到了目的地见到了救援人员。她激动得晕了过去。等她醒来的时候,发现自己躺在一张温暖舒适的床上。

　　救援人员看见她睁开了眼睛,走过来说道:"你太厉害了,竟然能独自从200多千米外的地方徒步走过来。"

　　随后救援人员打捞到了杰克的尸体,他的尸体被安放在被大火烧毁的营地下边。经过休整后,又有新的科考人员来此,琳达和他们继续在这里完成他们事业。

　　有人说,女性都是柔弱的,需要人保护的,但琳达给我们诠释了一个坚强的女性:勇敢、坚韧、顽强……不得不说,琳达是一位伟大的女性。

　　大火烧来,琳达和丈夫一起快速和大火比赛,迅速逃进小船中。如果不是那股大风,他们完全可以顺利逃生。可惜,一股大风吹翻了船,并且砸伤了杰克。杰克用生命拯救了琳达,自己却被水流冲走了。离开了丈夫的庇护,琳达没有丧失生存的希望,为了完成丈夫的心愿,她告诉自己:一定要活下去。

　　当棕熊出现在她头顶时,当指南针出现偏差时,当走路如同踩在刀尖时……这些致命的挫折让她感到身心疲惫,每当她几乎失去希望的时候,是爱的力量让她重新有了生存下去的力量。最终,她得救了,不但丈夫的夙愿得到了实现,他们的科考设备和资料也保存了下来,琳达也继续着丈夫未完成的科学考察。

　　很多时候,爱支撑着人类,那股坚毅的力量让人类充满了力量和智慧,指引着我们走向希望之旅。

　　爱使我们充满力量、勇气和自信。有了这些,一切困难都是可以被克服的。

巨鼠岛历险记

2 0世纪 80 年代一个秋天的早晨，一辆新型的水陆两用汽车在墨西哥湾行驶着，车上坐着一支由美国费城俱乐部组成的民间探险队，他们准备去大安德列斯群岛，到那里考察美洲虎的生活习惯。

这次探险活动总共有 12 名成员，其中有美国一流的拳击家、射击运动员、工人、银行职员等，另外还有两名勇敢的少年彼得和克莱特。队长鲍曼是费城大学著名的生物学教授，知识渊博。

汽车登上岛，驶到一座里面长着大树的石屋门前，鲍曼教授决定今晚在这儿露宿。卸完东西以后，他命令其他的人留下来修整房屋，自己则带着射击运动员威尔特、记录员查尔斯和棋王利比等人，携带着枪支、手雷和摄像机，驾车去寻找淡水。

不久，他们来到岛上的一个大瀑布前，正准备用密封桶灌水，查尔斯突然惊呼道："哎呀，老虎！"只见不远处的岩石边有一只老虎在走动着，鲍曼他们赶忙伏在草丛中，连大气也不敢喘。

美洲虎咆哮了一声，震得整个岛几乎都在颤抖。而岩石后面的沟里，有只浑身黑溜溜的怪物，长着尖嘴巴、长胡子，露出一对锋利的门牙，瞪着一双小眼睛，正悄悄地向老虎爬去。"这是什么动物，居然连老虎也不怕？"查尔斯问。鲍曼教授仔细观察了一番，说："这是一只畸形返祖大老鼠！"

"天哪，这么大的老鼠！"其他的人都惊得目瞪口呆。鲍曼教授取下摄像机，准备拍摄下这珍贵的镜头。

巨鼠很快就蹿到老虎跟前。老虎跟它扑来闪去几个回合，却被它的尾巴狠狠地扫中,摔倒在一旁,这时候巨鼠一阵"吱吱"大叫,从一个岩洞里立刻窜出几十只同样的巨鼠,将老虎团团围住,轮番攻击,一场恶战。不一会儿,老虎就被凶悍无比的巨鼠撕咬得四分五裂。大家吃惊地目睹着这一场面,都默不作声。

不料,几只巨鼠撕咬完老虎,居然朝他们这边蹿了过来,鲍曼教授刚想叮嘱队员们不要动,威尔特手中的枪就响了,一只巨鼠的脑袋顿时开了花。鲍曼惊呼道: "糟了,快,快上车!"队员们一跃而起,朝汽车狂奔去,一群巨鼠也如潮水般卷来。鲍曼和两名队员爬上汽车时,另一边冷不丁又涌出一群巨鼠,拦住威尔特他们。

"队长,我们开车过去救他们!"司机建议说。

"好,快去!"鲍曼急忙说。

几百只巨鼠疯狂地追过来,威尔特边往前跑边射击;查尔斯胆子小,跟着利比往山上跑去。可是巨鼠实在太多了,威尔特很快就被鼠群淹没了……

见此惨景,爬上山坡的查尔斯,端起枪就是一阵猛烈扫射。巨鼠们听到枪声, "哗"地一下子全朝山坡上卷来,他俩只好继续往山上跑,情况十分危急。跑着跑着,突然他们眼前出现了一个天然水库,利比眼睛一亮,拉着查尔斯一头跳进水里。巨鼠们望水兴叹,无可奈何地在水边"吱吱"狂叫……

鲍曼教授他们在汽车里看到威尔特的惨死,以为查尔斯和利比也难逃厄运,于是端起机枪一阵疯狂扫射。一群巨鼠闻声立即冲了过来,司机只好加大油门赶快逃开了。

回到宿营地,司机立刻冲正在劈木材的拳击家格林大喊:"快,都躲进屋去!"然后把威尔特的遭遇告诉了他们。这简直是天方夜谭里的故事!格林怎么也不相信。鲍曼队长责令他快进屋,但是他依然不动。

不到半个小时,黑压压的鼠群汹涌而至,数万只的鼠头攒动着,尖叫声犹如惊涛骇浪。队员们见到这个阵势,全都吓得脸色惨白。鲍曼明白眼前的处境十分危险,目前最好的办法就是用无线电与费城取得联系,让他们派直升飞机过来。可是一向细心的他,这次却犯了严重的错误,竟然忘记带无线电发报机,看来只能靠石屋来抵挡恶鼠的侵袭了。

刚才还不可一世的格林，这时也惊慌了。鲍曼喊他进屋的时候，已经太晚了，几只恶鼠已窜到他的身后。格林挥动拳头，边打边后退，鲍曼急令朝不断涌来的鼠群开火，机枪手扣动扳机，子弹如雨，眼前血肉横飞，但是鼠群蜂拥而上，片刻淹没了拳击家。

队员们忍着悲痛，飞快地加固门窗，并用钢钎和武器守卫。鼠群围住石屋，又叫又跳，奇臭熏人，一直僵持到太阳落山。修理工开动发电机，屋里顿时一片雪亮。大家又累又饿，将就着吃了点干粮，一个个躺在地上休息，谁也不知道结果会怎样。

不一会儿，巨鼠再次进攻了，它们咬破门窗，鼠头伸进窗户。队员们想出一个办法，朝鼠群扔火把，它们用柴油点燃木棍和乱草往外扔去，有的队员还脱下衣服作为火把仍出去。团团烈火烧死了许多巨鼠，没有烧死的也到处逃窜，终于迫使鼠群后退了十几米。

当大家正想趁此机会休息时，窗口又出现了一群恶鼠，它们从烧焦的窗口往里钻。队员们光着身子，惊恐万状，彼得和克莱特吓得不行，眼看巨鼠就要冲进来了！紧急关头，鲍曼教授从屋角拖出一张铁丝网，大声命令道："快，把它钉到窗架上，通上电！"

队员们立刻动手，迅速拉好铁丝网，接好电流，"吱吱吱"好多巨鼠被电死了。这下可好，来多少，电多少，不到两个小时，二米高的窗口竟被鼠尸堵得严严实实。

黑夜过去，天渐渐亮了，鲍曼教授决心带着队员们冲出石屋！可是这时候屋顶传来"喊喊喳喳"的声音，天哪，该死的巨鼠又从屋顶进攻了！队员们正要想办法对付，屋顶就出现了豁口，他们慌忙朝洞口放枪。巨鼠却越来越多，这样下去要不了几分钟，屋顶就会被掀开，死神似乎就要降临！

鲍曼教授近乎绝望。忽然，他看到了屋内的那棵巨杉，有主意了。队员们按照他的吩咐，立即行动。在枪弹的掩护下，凯勒和两个强壮的队员先后攀上屋顶，其他人在一边掩护，不一会儿两名队员就隐没在树叶里，接着抛下来两根长长的绳子。队员们先把彼得和克莱特吊上去，然后是两名队员，屋顶剩下凯勒和另一名队员了。正当他们将绳子捆到腰上准备往上升时,凯勒的绳子突然断裂,他掉进了的鼠群当中。他们又失去了一位好伙伴。

然而,鼠群又啃咬起树干来,巨杉开始剧烈地晃动,就在这时候,从岛的最高处传来"轰隆"一声巨响,没过多久,一股白色的怒涛朝石屋涌来,滚滚洪流势不可挡,不多时吞卷了鼠群,刹那间,石屋前面变成了一片汪洋。

原来利比和查尔斯在水库躲过巨鼠以后,想回到营地来。结果发现营地被巨鼠包围。他们想起巨鼠害怕水,便把身边所有的手雷捆在一起,把那个天然水库炸开了一个缺口,这才挽救了同伴的生命。

你知道动物是怎样变异的吗?一般来说,如果动物的生长环境发生变化,比如说环境污染、辐射等情况,会导致动物的基因发生突变,外形会发生巨大变化。

巨鼠群就是这样一群变异的大老鼠。它们数目众多,消灭一批又来一批,牙齿锋利,能啃咬各种各样的东西,甚至非但不惧怕凶狠的美洲虎,反而将这只百兽之王当成了自己的美餐。它们实在太可怕了!

鲍曼教授非常清楚,他们的对手十分凶悍,数量众多,枪击、火烧、电击……面对着数以万计的大老鼠,这些攻击都是杯水车薪,根本没有什么效果,那么,只有找到巨鼠群最畏惧的东西,才是彻底克敌制胜的好办法。

终于,他们想到了水攻,这个办法非常有效。虽然巨鼠数以万计,但是害怕洪水。洪水从山上咆哮而下,淹没了鼠群,最终使得被困的探险队员们获救了。

找到对手的弱点,一击而中,这就是智慧。

一次次试验,一次次总结,最终找到对手的弱点,克敌制胜,这就是朴素而简单的大智慧。

与黑猩猩的"亲密接触"

2 0世纪60年代的一天,英国的珍妮·古多尔离开家乡英格兰博恩茅斯城,前往非洲大陆。她将只身独闯茂密的热带雨林,进入黑猩猩的群落,进行长期的考察工作。

小时候,珍妮就渴望做一名探险家,因此,她为这次行动作了充分准备。考察前,她专访了非洲的肯尼亚,拜访了肯尼亚首都内罗毕自然博物馆馆长利基博士。她还陪利基博士去坦桑尼亚考察了一段时间,积累了这方面的生活经验。经过一番深思熟虑,她把这次考察的地点定在坦桑尼亚。

刚刚到达非洲东部这个国家,珍妮就急切地来到野生动物保护区。这里地处赤道附近,阳光充足,降水量多,原始森林十分茂密,凶禽猛兽经常出没。对人类来说,这里危机四伏,随时都会有生命危险。

珍妮披荆斩棘,一路艰难前行,原始森林里面虽然危险重重,但是一个强烈的愿望不断促使她前进,那就是找到黑猩猩!

黑猩猩在森林中的活动范围比较大,一般在80平方千米左右。它们没有固定的巢穴,白天在树上觅食,晚上走到哪儿就休息到哪儿。现在,珍妮在茫茫的原始森林里寻找踪迹难觅的黑猩猩,犹如大海捞针一样艰难!

这天,珍妮继续在密林中认真观察,机警地搜寻着。忽然,她停下了脚步,因为地上出现了一些类似黑猩猩的踪迹。她揉了揉眼睛,经过仔细辨认,呼吸变得急促起来,珍妮激动地差点大声喊起来。啊,黑猩猩,确实是黑猩猩的足迹!"这附近有黑猩猩!肯定有黑猩猩!"她在心中坚定地说道。

来不及休息,她循着踪迹搜寻着。终于,她站住了,50米外的地方站着一个黑色的身影,她的心脏快要跳出嗓子眼。那是黑猩猩吗?是自己要找的黑猩猩吗?她激动得热泪盈眶,视线也变得模糊起来。

珍妮将身子藏在茂密的草丛里,掏出高倍望远镜,急切地观望过去:只见一只长着白胡须的黑猩猩,蹲在一个小丘下面的白蚁巢旁,正把一根长长的茅草伸进白蚁洞里。片刻又拉出来,舔舐上面的白蚁。舔干净了,黑猩猩就把茅草丢到一边,又从附近树枝上折下一根枝条,用手迅速一捋,把枝条上的叶子捋干净了,用牙齿咬断它的一头,然后用嘴舔湿,又把这个新的工具伸进洞里去钓食白蚁。

晚上回到帐篷,珍妮简单地吃了些东西以后,就在微弱的油灯下整理笔记,直到深夜。从此以后,珍妮每天跟踪大猩猩,用望远镜观察着,还用笔在笔记本上记录着。

通过长时间观察,珍妮发现,黑猩猩并不像人们传说的那样可怕。它们灵敏而又警惕,稍有动静就会转移,根本不像那些凶狠的进攻性动物。发现了它们的这一特征,珍妮不再满足于偷偷地窥探黑猩猩了,她想更进一步地了解它们。

做好决定

后,珍妮便想办法,一点一点地靠近黑猩猩。70米,60米,50米,她一步一步地缩短着自己与黑猩猩的距离。但是,要真正地接近它们还需要极大的耐心和很大的勇气。黑猩猩们的耳朵很灵敏,尽管珍妮屏住呼吸,小心翼翼地靠近它们,但是当珍妮就要接近它们的时候,黑猩猩却跑得无影无踪了。

晚上,珍妮躺在帐篷里翻来覆去地睡不着,她想来想去,还是觉得要铤而走险!天还没亮,她就悄悄钻出睡袋,摸黑来到黑猩猩的住所附近,坐在一棵大树下,一动不动地观察着。

天渐渐亮了,森林里变得热闹起来,黑猩猩们也醒了,并且一眼就瞧见了珍妮,它们站在那里,一个个都瞪着珍妮,珍妮也瞪着它们,足足有五秒钟。这时候,珍妮好像也成了黑猩猩们的研究对象。她虽然坐着不动,可是心里却在翻江倒海:万一它们扑上来怎么办?就算它们不扑上来,逃走了,可是考察也会彻底结束,因为它们再也不会允许我接近它们。

时间一分一秒地过去了,黑猩猩没有动,既没有像珍妮想象中的那样扑上来,也没有立刻逃走。珍妮胜利了!此后,珍妮天天去接近黑猩猩,并经常地出现在它们面前,然而,黑猩猩们再也不瞪着她了。

渐渐地,珍妮已经能分辨出每只黑猩猩的特征了。她根据每只黑猩猩的特点,还给它们取了合适的名字,每天呼唤它们,让它们知道自己的名字,以便更加接近它们,跟它们友好相处。但是,尽管如此,珍妮还是不满足,她开始详细了解它们的吃、住以及活动情况,因此她又开始了新的冒险。

第二天,珍妮看见一只黑猩猩在白蚁巢旁用草棍舔舐白蚁,等黑猩猩一走远,她跑过去一把抓住草棍,伸进蚁洞里,又拉出来,舔舐上面的白蚁。一阵恶心,她的五脏六腑都要吐出来了,可是她还是不放弃对黑猩猩的研究。

就是这样,珍妮对黑猩猩有了全面的了解,知道它们的食物种类大约有200种。同时,她一年又一年地生活在密林中,已经和黑猩猩的关系十分融洽了。现在她可以与它们待在一起,观察它们的种种表情、行为和生活习惯。有一只叫"大卫"的黑猩猩和珍妮的关系最为密切。每当珍妮和它并肩走在森林里时,假如珍妮跌倒了,它还会等珍妮呢！如果珍妮看见地上有红色的棕榈果，她也会捡起来送给大卫。他们还会握手十几秒钟呢！如今这已经成为人类和黑猩猩关系史上最动人的一幕了。

为了实现自己成为一个探险家的愿望，珍妮孤身一人进入了非洲的原始森林，尽管森林里凶禽猛兽众多，却不能冷却珍妮火热的信念。

通过不懈的努力，珍妮终于找到了自己所寻找的黑猩猩，为了彻底了解黑猩猩、研究黑猩猩，并能得到第一手研究资料，她独自一个人在森林里面长期考察，最后不仅全面掌握了黑猩猩的生活习性，而且还与黑猩猩建立了融洽的关系。由此可见，只要拥有足够的耐心和努力，没有办不到的事情。这种坚持便是一种难能可贵的智慧。

没有经过语言的交流，便能够和野生的黑猩猩成为朋友，珍妮做到了，当然她也得到了足够的回报，那便是珍贵的研究资料以及与黑猩猩的友谊。

信念是人类最大的助力，只要心中那盏明灯照耀着自己的前程，不管道路多么曲折，最终都会到达自己的目的地。

与狼结友

1941 年的春天里，喜欢冒险的美国青年爱尔，独自一个人到美国最北边的阿拉斯加州朴里安诺夫岛探险。这里荒无人烟，到处都是森林和沼泽。

这里的一切都让爱尔感到好奇，他边走边向四周观望。一会儿，他走出了一片森林，来到一片布满了厚厚苔藓的沼泽地。走着走着，他看见离自己大约 20 米远的地方站着一头巨大的阿拉斯加狼！

爱尔心里一惊。这头狼非常大，远远望去像一头小马驹，全身乌黑发亮，嘴巴半张着，露出两排尖利的牙齿，正虎视眈眈地盯着爱尔。爱尔停住了，他发现大狼被夹子夹住了一只脚，但是他还是害怕大狼挣脱了，猛地扑过来，因此站着没动。就这样，人与狼对峙着，一分钟、两分钟、三分钟……足足过去了十分钟，见大狼没有任何动静，爱尔这才一步一步向大狼靠近。

走进了，爱尔才看清这是一头母狼，它的乳房胀鼓鼓的。"也许附近还有一窝饥饿的狼崽。"爱尔心里想。然而，此刻这只母狼为了保护自己的孩子，眼睛里满是凶残。爱尔观察了捕兽机周围的残雪，又悄悄察看了母狼的伤势，推断出这只母狼被困在这里将近一个星期了，它的孩子们有可能还活着，狼窝也不会离这儿太远。想到这里，他决定去找狼崽。

沿着残雪上母狼的足迹，爱尔一点一点地往前搜寻着。终于，爱尔发现通向森林的雪地上有一串若隐若无的足迹，一直通到森林里面。爱尔摸索着进了森林，走了大约 1000 米的路程，来到了一个小山坡上，在一棵大树洞里发现了狼窝。

周围静悄悄,没有一点声音。可是爱尔确信幼狼就在里面。怎么能让小狼崽出来呢?他想了一个办法,模仿母狼的呼唤声,一遍一遍地呼唤着,过了几分钟,一只小狼的脑袋终于从狼窝里探出来,可是它见不是母亲,就要转身回去。爱尔急中生智,伸出一个指头凑到幼狼嘴边,也许是好几天没吃东西了,小狼贪婪地吮吸起爱尔的手指来。

不一会儿,小狼一只接着一只跑出来了,总共有四只,爱尔把小狼装进一个大口袋里,扛着下了山,走出森林,径直朝大母狼走去。

还没到跟前,大母狼就嗅到孩子们的气味,它狂怒地发出一声尖利的嚎叫声,恶狠狠地盯着爱尔,似乎在命令他放下它的孩子。爱尔担心它思子心切,会发疯,扑上来撕碎自己,赶忙放下布袋,解开绳子,把小狼从里面放了出来。幼狼们立即冲到母狼跟前,钻到它的肚子下面吃起奶来。

爱尔坐在一边休息了一会儿,站起身来,决定给大母狼找一些吃的来。他来到离沼泽地 1000 米远的科荷溪堤,这里积雪还未融化,可能还能找到一些小动物。找着找着,爱尔在雪地里发现了一头冻死的小鹿,于是他割下了一条鹿腿,扛着回到沼泽地。

大母狼看见爱尔又来了,十分生气,不断地嘶叫怒吼,非常吓人。爱尔不敢靠近它,只好远远地把一块鹿肉扔到它面前。母狼惊叫着跳了起来,等看清是肉时,怀疑地望了望爱尔,又嗅了嗅鹿肉,这才低下头狼吞虎咽地把那块肉吃了。

见母狼吃完了肉,爱尔又开始了新的冒险计划。他砍了一大堆铁杉树枝,在母狼附近搭了一个小棚屋,决定与狼为伴,度过一个危险夜晚!

天色渐渐暗下来,不一会儿就完全黑了,爱尔钻进了他的"家"里。静静地躺着,一会儿就进入了梦乡。

黎明时分,爱尔正在熟睡,朦朦胧胧中他感觉有什么东西在自己周围,走来走去的,偶尔碰到自己的脸,冰冷冷的。"难道是狼?"爱尔忽然惊醒了,果然是狼,那四只小狼在嗅他的手和脸。爱尔感到很开心,他朝母狼看去,只见它在那里走来走去,看上去焦急不安。爱尔温和地抚摸着幼狼们,希望以此赢得母狼的信任。不过,母狼还是焦虑地看着孩子们,又盯着爱尔。

爱尔意识到,要想赢得母狼的信任,要有极大的耐心,他又去了一趟科荷溪雪堤,这次割了更大的一块鹿肉,丢到母狼面前,一边看它吃一边和它说话。

几天过去了,爱尔一直和母狼说话、喂肉、逗小狼玩耍。母狼对他的敌意也渐渐退去了,他稍稍靠近的时候也不再嚎叫。第五天的时候,爱尔按捺不住激动,给母狼喂肉的时候,亲切地说:"嗨,好好吃吧,不用紧张,我不会伤害你们的。"这时候,四只小狼患跑过来依偎在爱尔怀里,爱尔发觉母狼没有任何反应,他还发现它的尾巴愉快地摆了摆。爱尔挺着胆子向母狼又靠近了一步,母狼没有紧张地后退,也没有任何不安。爱尔又走近了一步,再一步,两步,到链条跟前了!母狼还是没动,爱尔继续向前移动。

最后爱尔在离母狼两米多的地方停了下来。此时,母狼只要一张嘴,就能轻而易举地咬断爱尔的脖子!但是,它很安静。

天黑了,母狼仍然没有动。爱尔做出了一个疯狂的决定,要在母狼身边度过冒险的一夜。他用毯子裹住身子,躺在母狼身边,应该说是母狼嘴边,睡了一晚上。

这天晚上,时间过得很慢,爱尔久久不能入睡,望着天上的星星发呆。不知过了多久,爱尔昏昏入睡了,在大母狼的嘴边沉沉地睡去。

天亮时,爱尔被幼狼们欢快的叫声吵醒了。爱尔伸出手去,抚摸母狼腹下的小狼。母狼忽然有些紧张,本能地瞪着爱尔。爱尔对母狼柔声说:"早安,我的朋友!"终于,母狼对他友好起来,不再瞪着他。爱尔的手在小狼们身上游动着,最后移到了母狼那条受伤的腿上,它的腿缩了一下,却没有发怒,爱尔激动极了:母狼已经信任他了。

爱尔端详着母狼的伤口,发现捕兽机的钢齿咬住了它的两个趾骨,这两个骨头已经肿胀、破裂。要是能放开它,它的爪子也许就不会残废,可是怎么才能放开它呢?要知道,一旦打开,后果不堪设想。爱尔思考了一会儿,决定试一试,他伸手按住机关,"啪"的一声机关打开了,母狼乘机跳开了,它嘴里呜咽着,瘸着伤腿跳到了爱尔旁边。但是丝毫没有伤害他的意思。

爱尔想,这下它可以带着四个孩子回森林了,可是大母狼却转过身来,一步一步地向自己走来。爱尔感到一阵惊讶,站着没动。

大母狼走过来停住,它把嘴慢慢伸向爱尔,没有张开血盆大口,只是嗅着爱尔的手,又舔了舔他的指头。显得极为友好,这与爱尔了解的阿拉斯加大林狼不同。这时,四只小狼也围到爱尔身边,欢跳嬉戏。

一会儿之后,母狼要离开了,它带着小狼们向前面的森林走去,爱尔目送着这一家子渐渐走远,消失在森林深处。

信任是什么?是否信任只存在于人和人之间呢?这则故事给了我们答案。冒险家爱尔遇见被捕兽机夹住的母狼,想办法让母狼一家团聚,并取得了母狼的信任,与大母狼友好相处。

猜疑多数来自于相互不了解,当我们用实际行动表现出我们的诚信时,即使再凶狠的家伙,也能够和平相处。爱尔便相当清楚这一点,尽管他充满善意,却没有直接上前去解救狼,而是想尽一切办法,为母狼找到食物,又顺着残雪上狼的足迹,找到了小狼,亲近小狼崽,温柔地抚摸它们,逗它们玩,冒着危险,在母狼嘴边睡了一夜。通过这一次次善意的举动,赢得了凶狠的狼的信任。

其实,动物能够如此,人又何尝不是呢?如果我们的一举一动都能够为别人着想,尽力去帮助他人,让别人能够感受到我们的诚意,那么,人与人之间就不会有猜疑、矛盾和暴力,整个世界也就和平了。

有些动物与人一样,只要你坦诚相待,相互信任,就可能彼此成为真诚的朋友。

丛林魔境

黑色的乌云在天际里涌动徘徊,预示一场暴风雨即将来临。

1972 年 8 月的一天,亚马孙河两岸浓密的树丛,在暴风雨到来之前显得愈发的阴森可怕。此时,意大利探险家汤姆·斯新林跟随当地向导,乘着小艇,准备进入亚马孙北部靠近中游的地方,去那片神秘河道和森林里作一次探险和考察活动。

当地向导喜欢走捷径,打算在暴风雨来临之前,抵达密林中采胶人的茅屋。现在,正值洪水泛滥时期,河两岸的低洼地早已被河水淹没,因此他们可以穿林而过。但他们才抄了两处近道,云层便从头顶压下来,森林中数米内就什么也看不见了。他们只好离开森林,重归河道。汤姆·斯新林放慢船速,摸索着前进。闪电将灰色的天空撕成无数块形状怪异的碎片,天空顿时变得面目可憎。终于,倾盆大雨从天而降,幸好这时隐隐约约可以看见森林中的茅屋了。

傍晚时分,斯新林和向导在茅屋里正休息时,一只巨大的南美蜘蛛瞧见黑暗中的灯光,闯进了他们避雨的小屋。这只毒蜘蛛竟然有 80 厘米长,长着八条腿、八只眼睛,遍体绒毛耸起,令人毛骨悚然。斯新林见了惊恐万分,就要拿起棍子上前灭掉它。茅屋主人看见了,赶忙制止了他,并对他说:"别小瞧这种蜘蛛,它的毒性非常高,能捕捉小鸟,有时还会袭击人。一旦被它伤害,不久就会死亡。"斯新林听了倒吸一口凉气,幸好没有轻举妄动,随后他躲到茅屋的一边。毒蜘蛛在茅屋里待了一会儿,径自爬到茅屋外面的屋檐下,一会儿消失不见了。经历了毒蜘蛛事件,斯新林这才意识到对于亚马孙雨林里的动物确实不可轻举妄动。

几天后,斯新林在林间休息的时候,又遇上了毒蜘蛛的同类——毒蝇,还差点被它叮了。当时,斯新林正在采集一个植物标本,一只巨大的类似于苍蝇的昆虫在他的头顶不停地盘旋,一边盘旋一边"嗡嗡"地叫着。"快,挡住脸,蹲下去!"向导向斯新林喊道。还未等斯新林做出反应,那只昆虫就朝他的额头冲了下来,说时迟那时快,斯新林急忙将帽子罩到自己的脸上,并立刻蹲了下去,昆虫见他蹲下去,这才飞到他身边的树丛里去了。后来向导告诉斯新林,那只昆虫就是毒蝇,它在叮咬人的同时,会将毒液注入人体内。这种毒液将会破坏人的神经系统,使人失去知觉,如果被它叮上五口,你会感觉疼痛难忍,叮上十口能使人发狂,若叮上 20 口,就有可能夺取这个人的生命。

　　在密林中行走,危险无处不在。斯新林明白,毒蜘蛛毒蝇在这里根本不算什么,森林中的巨蟒、巨鳄和水虎鱼才是真正的潜在杀手,因此有人将亚马孙雨林称作"绿色魔境"。

　　水虎鱼个头不大,它的牙齿锋利无比,而且凶残成性,比海洋里的大鲨鱼还要可怕。有一次,斯新林亲眼目睹一条大水虎鱼,对着船上的砍刀猛咬了一口,刀口立刻像散开的玉米花,裂开了许多。人或动物一旦陷入这种鱼群,顷刻间会被撕成一个骨架。但是水虎鱼的味道却十分鲜美,因此当地的许多渔夫为了捕获它,不是失去手指,就是丢掉脚趾。

　　几天以后,斯新林在河里游泳的时候,倒是没有遇见水虎鱼,却撞见了几条南美鳄。那天天气十分炎热,斯新林和向导在雨林里实在闷得慌,便跳进一处浅水里游泳。游着游着,斯新林听到一阵哗哗的水声,只见一条大鳄鱼朝他这边游来了,斯新林加快速度,向河岸附近游去,可是大鳄鱼也加快速度,紧盯着他不放。忽然,斯新林看到前方是一丛丛茂密的水草,于是他钻进水草里躲了起来。一会儿,大鳄鱼游过来,看不见了斯新林,便张着大口,在水中一阵乱窜,粗大的尾巴也跟着甩来甩去,好几次都打到斯新林的手臂和脸上。斯新林害怕极了,正不知所措时,从树上掉下一条绳索。斯新林一看,原来是向导,就赶忙把绳索套在自己身上。向导使劲往上一拽,斯新林被拉上了树,他终于逃脱了!

还有一天,斯新林他们正在水上前行,忽然看见一条大蛇,吓得他们赶紧避开,后来定眼一看,不是巨蟒,而是一种电鳗。这种电鳗也不是好惹的,它在瞬间就能放出高达几千伏特的电量,立刻就能击昏"敌人",曾经有人就是被电鳗击昏溺水死去。于是,斯新林他们远远地就绕过电鳗,从另一边过去了。

在丛林里还有一个奇特的现象就是到处幽深黑暗。成千上万的树木为了生存,互相抢夺阳光,以至于树叶密密层层,几乎没有缝隙,甚至看不到天空,置身其间,仿佛站在黑暗阴森的魔鬼宫殿里面。斯新林完全被这里奇异的景观惊呆了。突然一不留神,脚底下一滑,他连忙扶住身旁的棕榈树,结果被树身一丛一丛的尖刺扎到,疼得他嗷嗷直叫。

斯新林这次行程的最终目的地是巴西和委内瑞拉交界的卡特里马尼河上游。在这段路程中,至少有20多个急流险滩,有好几处几乎无法通过。不过,斯新林选择的是印第安人的独木舟。这种独木舟用整根巨木挖空制成,船身较小,轻巧方便,在这种水域穿梭自如。就这样,斯新林他们一点一点在湍急的河流和旋涡中往前行进。时而在巨大水泡上胶着不动,时而砍去岸边的树枝,或者劈开横卧在水面上树干。终于,他们来到卡特里马尼河上游。斯新林此行目的原本是要考察地质方面的,但是结果他却在动物学、植物学还有人类学的考察上,都取得令人满意的收获。

炼智 在探险的过程中,不可能一帆风顺,总是伴随着各种危险,不但有身体上的危险,也会有心灵上的折磨。如果我们在这个过程中,遇到一点点危险便浅尝辄止,那么人类也不可能达到如此高的成就。亚马孙丛林中危险重重,随时都会遇上的各种各样凶猛的动物,或者阴森恐怖的环境,汤姆·斯新林却能顺利地穿过,这与他的勇敢和智慧分不开。

遇见毒蜘蛛、毒蝇、大鳄、水虎鱼、电鳗等动物的时候,斯新林没有鲁莽地除掉它们,也没有停下探索的脚步,而是从向导、渔夫那里了解它们的特点,尽量不去碰触它们。有时还细心观察它的一举一动，更加详细准确地了解这些动物，掌握它们的生活习性，最终一次次地身处险境而又化险为夷，实现了自己的愿望并在其他学科方面取得了可喜的成绩。他们得到的不仅仅是丰富而珍贵的研究资料，还是人类对未知世界的进一步探索，更是自己心灵的一种升华。

好奇心可能会受到伤害，但没有好奇心，人生便如同一潭死水，波澜不惊，平平淡淡，永远享受不到人生的乐趣。

虎口脱险

印度科伯特国家公园是以原始森林为主的公园,面积有五万公顷,公园内景色怡人,里面有许多被列为保护对象的猛兽,其中老虎最多。为了看管森林,方便游客,公园内有不少"象童",29岁的索贝塔·阿里就是其中一个。

这天下午,索贝塔和同事柯塔布一同为大象洗澡,忽然,公园里传来一个吓人的消息:工作人员马德一夜未归,大家怀疑凶多吉少。公园深处有几十只老虎,或许可怜的马德已葬身虎腹了。索贝塔和柯塔布不相信,决定冒险到森林深处找一趟。

第二天清晨,他们就骑着大象出发了。树林里到处是鸟儿欢快的叫声,可爱的松鼠在树枝上跳来跳去,野兔在草丛里穿梭,根本看不出老虎光临的迹象。他们继续往前走了一小时,忽然,走在前面的索贝塔发现情况越来越不对劲,越往林子里面越幽暗。果然没过多久,他就在树丛里发现了一件破烂的上衣,滑下象背,仔细辨认一番之后,他发现那件上衣正是马德的,上面还沾着血迹。旁边的草丛里,横七竖八地摆着几根白骨。索贝塔一阵心酸,他知道马德惨遭不幸了。但是他还想找到更多的证据,就绕过灌木丛,又朝前走了几步。就在这时候,林子里突然刮起一阵风,树叶"哗哗"地作响,索贝塔惊恐地停住了脚步,他发现刚才还热闹的树林里忽然间安静下来,树上玩耍的猴子,还有唧唧喳喳叫个不停的鸟儿都消失了,四周一片死寂般的安静。索贝塔警惕地朝里面望了望,没有发现什么异常情况。"奇怪了,那些动物为什么都不见了呢?"索贝塔嘀咕着,随后灵机一动,迅速爬上旁边的一棵碗口粗的树上。

"呜!"一阵低沉的虎啸声传过来,紧跟着草丛里跳出一只凶猛的老虎来。估计猛虎早就瞧见了索贝塔,它一来到树下,便张牙舞爪,发出一阵阵咆哮声,索贝塔吓得心惊胆寒,刚想往树顶爬,却听见"咔嚓"一声,脚下的树枝断了,"扑通"一声,他掉了下去。庆幸的是,他恰好跌落在老虎背上。老虎突然惊住了,索贝塔趁机稳住身体,再一瞧,头正朝着老虎的屁股,他赶紧分开两腿,用脚夹紧老虎的脖子,双手紧紧抱住老虎的腰,身体贴在虎背上,脑子在紧张地思考着对付老虎的办法。

老虎哪里愿意被人骑着,它猛跳了几下,想把索贝塔从背上颠下来,可是不起作用;他又打了几个滚,可是索贝塔还是牢牢地贴在它背上。老虎发怒了,气得如雷暴跳,浑身抖动起来。

索贝塔被颠得头晕眼花,但是他心里清楚,不管怎样绝对不能松手,只要不掉下来,就有生还的希望。于是,他把全身的力量都用在手臂上,死死抓住老虎的腰。然而,他的两腿由于太疲惫而软了下来。

老虎折腾了半天,一回头看见一只脚在空中晃动,张开大口就咬。一阵钻心的疼痛使索贝塔清醒过来,他想起同伴还在这里,于是大声叫道:"柯塔布!快来救救我!快来救救我!"柯塔布不知道是怎么回事,以为索贝塔跟往常一样,在和自己开玩笑。可是他身边的大象感觉到了老虎的气息,变得急躁起来,不停地用鼻子拱来拱去。柯塔布这才感觉事情不妙,赶紧骑到大象背上,向索贝塔这边赶来。

柯塔布过来,只见老虎正咬着索贝塔的一只脚往下拽,鲜血滴得满地都是。此刻,索贝塔的双臂也没有力气了,渐渐松弛下来。这时,索贝塔大喊道:"快,快解开高姆的链条!"柯塔布明白了索贝塔的意思,连忙来到高姆身边,解开链条。恰好这时候,老虎的屁股往上一拱,把索贝塔抛到了半空。这时,高姆长长的鼻子一伸,立即将主人从空中接住,举了起来,然后鼻子一卷,把索贝塔放在自己的背上。

老虎眼看着到口的猎物失去了,十分恼怒,顿时咆哮着跳起来,张开血盆大口,猛地咬住了高姆的鼻子。这时候,柯塔布忙骑着自己的象走过来,吹了一声口哨,大象猛地踩了过去,老虎嘴巴一松,顿时四脚朝天躺在高姆脚底下。高姆忙不迭伸出一只脚,踩在老虎脖子上,一使劲,老虎断了气。最终索贝塔得救了!

面对凶猛的老虎，任何赤手空拳的人都会害怕，索贝塔也不例外。可是勇敢的他并没有因此等待死亡，而是与老虎进行周旋，最后终于战胜老虎，捡回一条性命。

老虎的屁股摸不得，可是索贝塔不但摸了，而且骑上了它的背，这可让老虎震怒了，来看看他们之间的较量吧。

从树枝跌落到老虎背上，换做一般人，一定会吓得不知所措，可是索贝塔没有惊慌，他清楚自己的处境，没有退路，只能与老虎进行誓死一搏。然而，怎么与老虎搏斗才是首要的问题。如果只是单纯的搏斗，索贝塔绝无胜算。要知道，他可没有武松那样的力气，不过，索贝塔拥有着智慧和勇气，当他发现自己骑在老虎的屁股上时，办法立刻有了，他立刻两腿紧紧夹住老虎的脖子，双手丝毫不放松，让老虎无可奈何。虽然这只是暂时的缓兵之计，却保住了他自己的性命。

困难最大的敌人是勇气，只要有勇气，即使是面对凶猛的老虎，你也一样有可能会战胜困难，脱离危险。

逃离"迷魂阵"

2005 年 5 月 8 日，美国宾夕法尼亚大学的生物老师尼尔森与布莱克夫妇和他们的小儿子杰克，还有一对年轻的情侣森迪普和杰西卡组成一支小型探险旅游团，来到了风景宜人的南美岛国——巴巴多斯游玩。为他们安排行程的是当地的一个导游瓦塔迦。

在起初的四天里，一切都很顺利，大家都沉醉在巴巴多斯世外桃源般的美景之中。但是，当他们准备朝岛的腹地进发时，却忽然遭遇了一场激烈的热带暴风雨。当暴风雨过后，当地原本温顺的主河流变得宽阔而汹涌，这使得木筏无法在这样的水流中载着旅游团前往小岛腹地了。

尼尔森等人不愿耽搁时间，执意前行，于是瓦塔迦只得做出一个决定：步行 48 千米，穿过一片不知名的草原，绕道到下游港口渡河。

中午时分，旅游团已经步行了近 10 千米了，小杰克走得气喘吁吁，于是，瓦塔迦决定在原地休息一下。就在大家拿出干粮补充能量的时候，顽皮的小杰克突然从地上跳起来，大声喊道："你们闻到了吗？好香啊！好像是有人在烤薯条的香味呢！"

可不是吗，仔细一闻，空气中果然弥漫着一股奇异的香气。但没人知道这香味来源于哪里。随后，他们又起身赶路。到了下午四点左右，小杰克忽然弯下腰，剧烈地咳嗽起来。他的父母以为他的哮喘病又犯了，于是拿出常备药，让他服下。他们原以为小杰克休息一会儿就会好的。但是，小家伙的病情却越来越严重了。他不停地咳嗽，小脸也涨得通红。

"爸爸……我一闻到那香……香气就想咳嗽。"小杰克一边喘着粗气一边说。

中国青少年智慧阅读书系

这时,其他人才察觉到,那股奇异的香气似乎已经浓郁到让人呼吸有些困难的地步了。尼尔森莫名地感到不安,于是催促大家尽快赶路。然而,到了天黑时分,不但小杰克的病情更加严重,大人们也开始感到不适,甚至泛起一阵阵的恶心。更糟的是,杰西卡竟然出现了幻觉,一直无法安静下来。

瓦塔迦立刻意识到,他们可能遭遇了一种罕见的毒草——迷魂草。据说,这种毒草散发出的奇异香气可以使较长时间吸入的动物失去理智,出现各种幻觉直到最后昏迷。甚至当香气的浓度到达一定程度时,会诱发动物体内各种致命病症。果然,不一会儿,每个人就都出现了视觉模糊、四肢僵硬、视力下降等中毒症状。遭了,他们竟不知不觉中掉入了"迷魂草"布下的无形杀阵!

瓦塔迦忧心忡忡地把情况告诉给大家。顿时,一种不安和恐惧在每个人的心里滋生,然后互相传染着,并终于在整个旅游团里蔓延开来。怎么办?他们要怎样逃离这里? 绝望的阴云笼罩在每个人的心头,似乎快使人崩溃。

突然,尼尔森抬起头,坚定地对大家说道:"不能再让这该死的气味折磨可怜的杰克了,我们得做点什么!"

在他的鼓舞下,旅游团的人开始逐渐恢复镇定和勇气。尼尔森吩咐大家找出一些没吃过的橙子和一些咖啡豆。因为橙子皮是刺激性强的一种水果外皮,并且具有比较好的过滤性。如果用橙子皮做成的一个口罩,应该可以在一定程度上缓解异香对小杰克的侵害。而且,咖啡豆对人体有特殊的兴奋作用,说不定可以帮助小杰克抵抗异香的麻痹。

大家立即照他说的去做了。果然,一个多小时之后,小杰克的情况开始好转起来。接着,尼尔森提议:把所有的食物和水聚拢起来,然后大家一边吃东西,一边聊天。不管怎样,一定不能让自己睡着,千万要保持清醒!

天快亮了。然而,情况仍然不容乐观,这片大草原危机四伏,要凭借他们现在的体力、精力活着逃出"迷魂草"的十面埋伏,简直比登天还难。眼下,必须设法找到一种能够对付"迷魂草"香气的解药才行。

瓦塔迦曾经见过老人们用一种叫塔塔菌的植物来治疗误食了"迷魂草"的牲

畜,也知道最近的村落的位置。可是,他不知道那些塔塔菌生长在什么地方,而且现在情况危急,再返回到村落里去取村民们收集的塔塔菌根本就来不及。

就在大家手足无措时,忽然,一群群又黑又大的蚂蚁出现在他们脚下。幸运的是,尼尔森发现这些蚂蚁只是些腐食性的昆虫,不会对生命造成任何威胁。这时,尼尔森的脑海里忽然浮现出一个问题:"为什么这些蚂蚁不会中迷魂草的毒呢?"一瞬间,尼尔森恍然大悟了:这些蚂蚁之所以不害怕迷魂草的毒气,肯定是因为在它们的老窝周围有什么可以克制迷魂草的生物!

于是,他循着蚂蚁的队伍,小心翼翼地向前摸索过去。20分钟后,他们在蚂蚁窝的周围,发现了一种发出刺鼻异味的菌类。尼尔森挖了一棵菌类奔向瓦塔迦。

"就是它,它就是塔塔菌,它就是迷魂草的克星!"瓦塔迦兴奋地欢呼起来。

然后,这支探险团一边咀嚼着塔塔菌,一边相互搀扶照应着,走出大草原,安全抵达巴巴多斯附近的一个小村庄。由于救护及时,小杰克很快就恢复了健康。

达尔文在《进化论》中提到:"大自然的一切事物,有因就有果,有阳定有阴,物态与物态之间,往往是相互依存,克制着的。"是的,世界上没有一种单独存在着的事物,竞争和平衡才是自然法则的全部内容。

大多时候,蛮力不能解决所有的问题,正如故事中的那样,旅游团面对着毒气,勇气、力气等等都是没有办法解决,这个时候,需要我们发动智慧,动用一切可以用到的方法去解决问题。

对了,这就是人类另外一种能力——观察,正是通过细心的观察,旅游团察觉到了毒气的存在,也是通过观察,看到了身在毒气中却安然无恙的蚂蚁群,这些情报都让他们拥有了足够的信息去化解困境。

这个故事告诉我们,面对危险的时候,要选择合适的方法去解除危机,而不是盲目地去做无用功。

生活中,不要瞧不起那些不起眼的东西,留心观察它们,很可能在特殊的情况下,会帮助你很多。

探秘食人部落

传说在巴西边界的丛林里，住着一个神秘的部族，他们有着可怕的吃人习俗。为了考证这个消息，南斯拉夫的探险家帖波尔·西克尔决定去巴西的热带密林深处探险。

1948 年，西克尔组织了一个小探险队，成员有医生、植物学家，还有他的女友玛丽。他们先乘独木舟渡过玻利维亚的布兰科河。一个月后，他们越过玻利维亚和巴西交界的瓜波累，来到了巴西境内的布兰科河。

布兰科河的两岸是繁茂的丛林，那里长满了奇树异草，并栖息着各种野生动物。一次，在小河的拐弯处，离小船不到十米的距离，他们忽然发现了一头凶猛的美洲豹。不过，这头美洲豹并没有攻击他们，只是好奇地盯着这些两条腿的人类。西克尔等人不敢放松警戒，赶紧将船划过去，远远离开了岸边。

天渐渐黑了，由于丛林里复杂难测，西克尔吩咐大家在船上过夜。他们把船固定在一棵倒向河面的大树上，然后把吊床吊在树枝上，并在上面覆盖着一层防雨布。果然，到了半夜，天上下起了雨，不过，因为事先早有准备，他们并没有在意。但就在这时，西克尔听到吊床下传来鳄鱼的低嚎声。他打开手电一照，立即吓得魂飞魄散。一条短鼻鳄正朝着小船靠近，而且，由于雨布上积了太多雨水，树枝被压得离水面仅有 40 厘米了。

情况非常危急，西克尔来不及喊醒伙伴，情急中一手抄起木刀，狠狠地击向鳄鱼，但却被它灵巧地躲开了。由于用力过猛，西克尔差点甩出了吊床。好在鳄鱼受了惊，摇着尾巴游走了。

两天后，探险队来到了一个丛林部落。这是一个非常常见的土著部落，并没有吃人的习俗。他们热情地招待了西克尔等人，并告诉他那个吃人部落名叫图帕利族，离那儿不是很远。由于当地人不用钱，所以西克尔利用梳子和盐等日用品雇来了三个向导。但是，当他们接近图帕利族的驻地时，那三个向导说什么也不愿前进了，他们害怕地说："如果你们再向前走，就会被吃掉的。我们可不愿落得那样的下场。"说完，他们头也不回地跑掉了。

　　探险队继续前进。走了没多远，他们看到了一些茅草结顶的村舍。于是，他们悄悄地走过去，钻进附近的一片灌木丛中，偷偷观察村舍里的情况。

　　在村舍前的一大片空地上，正聚集着 20 多个人，其中有妇女和儿童。他们说说笑笑着，并没有发现异常。西克尔等人提心吊胆地观望着，这是一次绝好的机会。但如果再靠近的话，他们还能活着出来吗？西克尔曾读过很多探险记，他知道许多探险家是死在自己的错误之下的。因为他们在对方面前表现的很有威力，结果激怒了土著人，最终惹来杀身之祸。

　　西克尔心想：怎样做才能让他们不怕我们呢？他很快想到了一个办法，于是小声告诉了队员。接着，他做了一个手势，率先跳出了灌木丛。广场上的土著吓得不知所措，有的捡起长矛，有的拿起弓箭，一起围住西克尔。这时，西克尔把手中的枪扔在地上，又把上身的衣服都脱掉，然后用土著的语言喊道，"我们是朋友！"他镇定地看着周围的人，尽量保持着友好的笑容。

　　土著人们不解地看着西克尔，脸上的表情稍微有所缓和。西克尔又从口袋里掏出一条漂亮的手巾，递给站在最前面的一个土著人手中。土著人接过礼物，好奇地查看着。这时，西科尔的三个伙伴一齐跳出了灌木丛，他们扔下手中的武器，学着西克尔的样子向土著人们示好。起先，那些土著人被吓了一跳，但渐渐地，他们平静下来，也纷纷放下了武器。

　　"我们都是朋友。"西克尔拍了拍一个土著人的肩，笑着说道。

　　那人面对自己的族人，说了一句听不懂的土著话，其他人都轻松地笑起来。这一来，气氛就轻松多了，大家的戒备和恐惧也减少了许多。玛丽甚至打着手势，和一个妇女亲切地交谈起来。

这时，一群半裸的男人簇拥着一位高大结实的中年人走了过来。这位中年人头戴虎皮帽饰，看样子是这个部落的酋长。西克尔立即迎上去，将一把木刀送给酋长作礼物。酋长接过木刀，转交给他的助手，然后说了一句："托阿普。"西克尔猜想这是一句表示客气的话，便也跟着说了一声"托阿普"。但他猜错了。"托阿普"其实是洗澡的意思。

随后，酋长带着西克尔来到一个小河旁。他把衣服全都脱掉，然后跳进了水里，示意西克尔也跳下来。原来，这就是他们接待客人的方式。于是，西克尔连忙脱下衣服，一起下了水。

就这样，西克尔他们成了正式的客人，被安排在一间小木屋里，门口还站着12个武装的卫士。也许，那些土著人并没有完全信任他们，所以安排守卫监视他们。当然，西克尔他们也不敢掉以轻心，他们四个人轮流守夜，保持有一个人醒着，以免被土著人暗算。

几天过去了，西克尔他们和酋长越来越熟，站在门口的守卫也越来越少。队员们终于松了一口气，不再担心出现意外。不过，他们也时刻留心着，看看土著人是不是有吃人的苗头。

这天，西克尔和一个叫塔吉里里的老人聊起了部落的习俗。他试着询问："我没有恶意，我只是想多了解下你们的生活。请告诉我，你们真的有吃人的习俗吗？"

塔吉里里的神情一下子严肃起来。他回答说："是的，我们曾经吃过人……"接着，他向西克尔说起他们吃人的故事。

他们吃人并不是为了满足食欲，而是为了"心灵"上的需要。原来，这个部落的人相信，吃了人肉的同时也吃了人的灵魂。吃别人的好灵魂是为了增加自己的灵魂。因此，战俘或者同族里被仇人杀害的人，都会被吃掉。不过，他们从不吃病死的人。

每次吃人的时候，他们就会举行全村大会，在院子里点起大火，然后一群裸体的人围着火堆跳舞。同时，尸体会被绑在一根棍棒上，架在火上烤。烤熟之后切成块，然后分给每一个人。当然,最好的肉是要留给酋长和男巫的。

图帕利族的人认为,一个人的精华在于手和脚。因为人若没有手和脚,就什么事都干不了。但是,正是由于这种吃人的习俗,导致他们和外族的战斗越来越多,族人的损伤也越来越多。1925 年,图帕利族尚有两千多人,可是五年前,他们却只剩下 180 人了。这其中,有 90% 的人是在战死后,被自己人拖回来吃掉的。现在的酋长意识到这个问题后,就召集全族人,说了许多道理。他劝告他们,如果再继续保留这种习俗的话,恐怕整个族群就会有灭绝的危险。最后,族人们听取了酋长的意见,终止了吃人的习惯。

西克尔听了,不免暗自庆幸。因为图帕利族人之所以不吃他们,并不是因为他们态度诚恳,只是正好赶上对方已经终止这个习惯罢了。要是他和伙伴们五年前来到这里,即使表现得再友好,恐怕也早就被烤熟吃掉了。其他队员听了塔吉里里的话后,也都后怕得不得了。后来,他们告别了酋长,回到了自己的国家。

人吃人肉,这听起来令人难以置信。然而,长久以来,寓言中的故事和道听途说,早已经被证实是事实。目前,随着探险活动的蔓延,世界各地都出现过食人族的报道,这些都为食人论增加了可信度。但是,食人族吃人的真正原因尚无定论。因此,许多探险家纷纷以身试险,意图解开这一惊天秘密。

南斯拉夫的探险家帖波尔·西克尔就是这其中的一位。他为了获得关于人吃人的第一手资料,和他的三个同伴们凭着顽强的意志和惊人的胆气,终于找到了深藏在密林中的食人部落。幸运的是,他们最后不但活着走出密林,并且获得了食人族吃人的秘密。原来,这种部落吃人,一般都是源自宗教仪式和迷信,而非出于享用美食的目的。

困扰人们多年的秘密被揭开了。西克尔和他同伴的事迹也广为人知和传诵。他们探究真理的精神永远值得我们学习。

若要探寻真理,就需要比别人多一些耐心,少一些急功近利,多一些长期的实地考察,少一些捕风捉影的短暂停留。

大战复仇群蛇

1 998 年 5 月 10 日上午 10 点左右，在南美洲玛雅文化遗址以东近 330 千米处的萨伊拉荒原里，一小队地质考察队员正在勘探岩层。突然，一块平躺在荒草丛中的石碑引起了大家的注意。只见碑身上面有许多原始符号类的刻痕，难道这就是原始的楔形文字吗？

队员们便把石碑搬出来仔细研究，可当本恩刚把石碑抬起，就见一条色彩斑斓的花蛇从下面飞快跃出。

"小心！"一位队员大喊。

另一位队员立即推开本恩，并把手中的地质锤向蛇砸去。蛇头刚好被地质锤砸中，蛇在地上挣扎了一会儿就不动了。本恩这才缓过神来，他用树枝挑起蛇仔细看了起来，只见这蛇腹部呈白色，中间点缀着一条火红色的红线，背部呈黄色，上面均匀分布着许多翠绿色的菱形花纹，蛇的头部有一个菱角状的"包"。

"不好，大家赶紧离开。"说话的是他们中间一位土著人。接着他又告诉大家："这蛇是美洲最毒的毒蛇之一，名叫火线蛇。它们喜欢群居，一般都是成群出现的，要是蛇群在此，那我们可是凶多吉少了。"

"再等一会儿，我们的工作马上就完了，也就十几分钟。"大家并没有把土著人的话当回事，只是下意识地瞅瞅身边，见没有什么动静就不再理会。本恩把蛇挑到树枝上挂起来，还得意扬扬地炫耀着。其他的人继续埋头干活，这里仿佛恢复了以往的平静。

忽然，一阵阵恶臭随着风传来，土著人不停张望着，他已经察觉到危险在一步步逼近。

"蛇,蛇来啦!"土著人吼叫着,提醒大家赶快逃命。

大家抬眼望去,不知道从哪里涌出这么多蛇,只见草丛中、断岩中,数不清的火线蛇朝着他们的方向爬来。"快跑啊!"不知道是谁大喊一声,大家这才反应过来,于是纷纷撒腿跑向不远处的越野车。

当他们快要跑到越野车旁时,人们停下了脚步,原来对面也有一群火线蛇,它们几乎已经把车子包围了。人们一时之间根本无法踏上车,于是便朝着前方没有出现蛇的地方跑去。众人没命地奔跑,可身后的群蛇速度更快,突然,大家再次停住了脚步。原来前面是一条陡峭的断崖斜坡。身后的群蛇马上就追上来了,他们没有办法,只好护住头从坡上滚了下去。好在滚了一会儿就停在一片平地上,而且旁边有间茅草屋。他们不由分说撞开屋门倒在地上喘着粗气。本想在这间小屋能够休息一会儿,没想到耳边传来的"嘶嘶"声让他们顾不得休息立即起身迎战。

他们在屋子里找到两把斧头和一把砍刀,还有发报机和柴油发电机,看来这有可能是动物保护协会以前用过的野外工作站。他们的通讯工具在越野车上,现在是指望不上了。老式的发报机还是让他们眼前一亮,用它来求救。可是大家摆弄了半天还是看不到一点儿效果。

此刻在屋外,群蛇早已把茅屋围得滴水不漏。一个足有三米多高,五米多宽的圆形蛇阵盘踞在屋子外边,无数条绿花、白底、红线的蛇缠绕在一起,让人触目惊心。

蛇群开始向茅屋发起进攻,年久失修的茅屋很快不堪重负,发出吱吱的声音。有的蛇已经透过茅屋的缝隙往里钻。本恩借助手里的砍刀,手起刀落,蛇头便落地了。其它的蛇继续从这往里钻,本恩一点儿也不含糊,挥舞着砍刀砍向火线蛇。其他人也都举起了斧子虎视眈眈地瞄准茅屋破损的位置。果然,那里也钻进蛇来。他们拖着疲惫的身躯与火线蛇展开了生死搏斗。可是屋外的蛇源源不断地进来,他们渐渐抵挡不住了。

中国青少年智慧阅读书系

突然,福斯特觉得左脚传来一阵剧痛,低头一看,竟然是被砍掉的蛇头把牙齿刺进了他的大脚趾。土著人知道,仅仅两毫克的火线蛇毒就可以使一头小象身亡,半毫克就足以使人丧命。果然,福斯特手中的斧子不由自主地落下,他倒了下去,同时有几条火线蛇已经来缠住了他。

"快救队长!"

西沃尔斯忙掏出驱虫喷雾剂向蛇喷去,蛇立刻退缩了。

"快,大家都找出随身的驱虫剂。"

蛇群暂时退却了。土著阿布立即从背包中找出真空吸杯,吸出福斯特伤口上的毒血,然后涂上药膏,随即用绳子紧紧地缠住他的脚踝,以防毒液扩散。

驱虫剂的气味慢慢淡去,群蛇又聚集起来准备发起第二次进攻。他们再一次使用了驱虫剂,几乎随身带的都用光了。大家非常着急,期盼赶紧找到解脱的办法,否则群蛇再一次围上来,他们只有只身肉搏了。

西沃尔斯经过检查发现,发报机应该可以修好。他正在动手调试着,此时群蛇又围上来了。大家冒着茅屋被烧毁的危险,点燃了一根长木条扔了出去,陆续把可以燃烧的东西都扔了出去。果然不出所料,群蛇被击退了,但是茅屋也染着了火星。屋里能燃的东西都扔了,本恩的目光落在屋角的柴油机上,本来没抱任何希望的,可是他一打开发现里面居然还有一点儿柴油。本恩马上把一卷铁丝拉直顺着门缝伸出去,然后把铁丝另一头与发电机的电板接在一起。然后就摇起发电机的手柄。

只见一些蛇眨眼间都触了电,然后它们又成了导体,只要碰上它们的蛇也都被电到,顿时,整个蛇群像是在滚水中煮开了一样,不停地痉挛着,做着垂死挣扎。

大家看着逃跑的火线蛇终于松了一口气。接着,更好的消息又传来了。本恩调试好了发报机,接通了百里外的空军基地,他们接到求助后答应马上派救援直升机过来。

本以为火线蛇已经退去,大家可以安心地等待救援人员的到来,可是仅仅几分钟后,蛇群再一次聚集起来,此时柴油机中已经没有油了,他们能用的武器仅仅是手中的斧子。三人只能硬着头皮一次次挥向闯入的火线蛇。持续了两三分钟后,大家的体力已经明显不支了。

在此关头,他们的头上响起了直升机的引擎声,大片大片的驱蛇剂从空中撒下来。火线蛇四散逃窜。直升机降落后,救援人员冲进满是蛇尸体的茅屋,救出了浑身沾满鲜血的三人。此时,最先被蛇咬伤的队长福斯特已经停止了呼吸。

野外遇到蛇群,尤其是毒蛇群,可不是一件幸运的事情,这意味着一不小心,任何生物都会变得尸骨无存。

福斯特队长所带领的探险小队便遭遇了这样的不幸,没有任何防御措施,也没有任何武器,只能靠着逃亡途中找到的一些道具进行抵抗。就这样,四个人依靠着求生的本能,顽强地与强大地蛇群做着抵抗。

他们的努力赢取了足够的救援时间,除了身中蛇毒的福斯特队长,探险队的其他人都获救了。

他们或许没有取得胜利,但却足够赢得我们每一个人的尊重。

悟径 天无绝人之路,开动脑筋,周围的许多东西都能在危险时刻帮助我们化险为夷。

与毒蛇同眠

在南美洲哥伦比亚境内有着大片的原始热带丛林。20 世纪 90 年代末期,美国科学家道格拉斯和他的助手马尼尔奉命来此考察。原始森林里有着各种各样的动物,为了确保安全,他们不仅携带了相关器材,还带了枪支、驱虫药等物品。

刚开始的几天,一切都顺利进行。同时,他们被这片原始森林深深地迷住了,忘我地进行着工作。到了晚上他们困乏极了钻进睡袋就呼呼大睡。一天早晨,道格拉斯醒来后,准备好早饭,接着去叫自己的助手。到了马尼尔睡袋前面,他发现情况有些不对。马尼尔睁着眼睛,但是却仍旧躺在睡袋里动也不动,他的眼神似乎在说些什么。

道格拉斯朝他走去,此时马尼尔的眼神极度惊恐,似乎又充满了愤怒。他停下了脚步,仔细观察着周围的情况。天哪,马尼尔睡袋里竟然有东西正在不停地蠕动着。道格拉斯吃惊地张大了嘴巴,停了一会儿,他开始用手势比划着问马尼尔:是一条蛇么? 马尼尔眼皮垂了下去,好像是在回答他:说的对。

这可如何是好? 道格拉斯无比的惶恐,丛林中的蛇多是有毒的,而且距离那么近,如果蛇攻击马尼尔,后果不堪设想。怎么办呢? 道格拉斯转身进了帐篷取出他们的猎枪。猎枪已经上了子弹,他趴在地上,想找一个合适的角度打死蛇,而又不伤及自己的助手。他的手指触到扳机了,就在这个时候,他看了一眼马尼尔。马尼尔头上渗出大颗大颗的汗珠,那神情分明是在告诉他不要轻举妄动。

道格拉斯的确没有把握,毕竟蛇和人离得如此近,如果一枪不能置蛇于死地,那么助手就会丢掉性命。因此他放下了猎枪,思索着其他方法。蛇不是怕烟吗? 想到这点,道格拉斯找了些湿的树枝点燃了。片刻之间,股股的浓烟串了出来。他拿了一只塑料袋把烟装进去，然后又找到一把锋利的刀。他拿着这两样东西小心翼翼地靠近马尼尔。

此刻的马尼尔显然是被噼里啪啦的声音吓到了，他怕蛇会受惊从而攻击自己。他用哀求的眼神望着道格拉斯，仿佛告诉他赶紧住手。但是道格拉斯没有理会，而是按照自己的设想开始营救他。

道格拉斯轻轻地在睡袋的折痕处割起来，由于不敢用力，他足足割了半个多小时才割出一条缝。他把鼓着的塑料袋拿了起来，里面的烟被挤进睡袋里。塑料袋里空了以后，他又装了一袋烟继续朝里挤。几次下来，蛇被熏得有些受不了，开始动弹起来。道格拉斯举着枪，准备蛇一露出头就开枪，但是等了一会儿，蛇并没有出来。

道格拉斯无奈，只有又找来了杀虫剂。他把药瓶对准那个小口，朝里面喷了一阵。果然睡袋里有了动静，一个地方突然拱了起来。道格拉斯猜测那里就是蛇头，但看样子，蛇头在向马尼尔脖子处爬行。马尼尔面如死灰，已经做好了被咬的准备，可是一阵时间过去，蛇却停了下来不动了。

此时两人都特别紧张，道格拉斯绝望地看着马尼尔，那神色仿佛是在与他诀别。就在这个时候，马尼尔朝道格拉斯扬了扬眉毛，顺着他的示意，道格拉斯注意到了他轻微晃动的手指。难道他是想画画？道格拉斯赶忙找出咖啡粉，散在周围地上。只见马尼尔画了一个圆圈和一些线条。道格拉斯对着图案思索了一会，然后掏出随身的笔记本写了"太阳"两个字。马尼尔看见他写的字，眨了眨眼睛表示同意。

这时太阳已经普照大地了，可太阳怎么能驱赶蛇呢？睡袋，对啦！如果太阳直射着睡袋，会怎么样呢？

道格拉斯开始行动起来，他小心翼翼地拆帐篷。因为怕惊扰了蛇，他的动作非常缓慢，几乎是在一寸寸地卷着。半个小时后，睡袋完全暴露在阳光面前，马尼尔终于看到太阳了。在太阳光的照射下，睡袋里的温度慢慢上升了。渐渐地，蛇终于忍受不了闷热开始往出爬。

道格拉斯和马尼尔的心都悬到了嗓子眼上。蛇完全爬了出来，他们发现这是条有一米多长的大蛇,而且是条毒蛇。但是马尼尔仍旧没有轻易动弹,因为他还在蛇的捕食范围之内。道格拉斯端着枪,全力瞄准着毒蛇。等到蛇爬到离睡袋五六米远的时候,他扣动了扳机,蛇被一枪毙命。马尼尔兴奋地跳了起来,他紧紧地抱住道格拉斯,热泪盈眶。他告诉道格拉斯,昨晚上他就发现了蛇,自己一直没敢动弹,到现在已经足足有12个小时了。

 马尼尔从发现与自己同眠的毒蛇,到最后能够安然脱险,需要的可不仅仅是勇气、耐心和毅力,最最重要的就是对同伴道格拉斯的信任和合作,正是二人天衣无缝的配合,才能够让马尼尔化险为夷。

大多时候,个人能够做到的事情极其有限,试想一下,一个人可以发射火箭吗?一个人能够建造摩天大楼么?这是不可能,这个时候,合作就体现出它的作用了,想一想我国制造的原子弹,那可是举全国之力,仅在几年内就完成的科学创举,也一举打破了美苏两国的核垄断,奠定了我国在世界上的地位。

如果我们能够彼此合作,运用合力,那样就会让成功的机会更大。

 一个人的力量是有限的,一个人的智慧也是有穷尽的,但一群人在一起,能够发挥的能量却是无穷无尽的,没有做不到的事情,只有想不到的事情,这就是合作的力量。

孤岛斗群蛇

莱布和波尔蒂是一对夫妻,他们都是鸟类学专家。婚后三年,两人吵着要离婚,但是因为两人是事业上的好伙伴,因此他们决定,在分手前再上一次孤岛。孤岛位于夏威夷附近,岛上有一种特殊的鸟,它们与秃鹫非常相似,但嚷要比秃鹫大一些。最近,他们一直在研究这种鸟。此鸟经常出没于孤岛附近,因此,他们想要在这里纪念一下两人的感情。

1998 年 8 月,莱布和波尔蒂带上准备好的东西来到孤岛。他们的包里有食物、帐篷、驱虫剂、手枪等。此刻他们驾驶着摩托艇朝目的地驶去。莱布聚精会神地驾驶,波尔蒂默默地望着他。两个多小时后,他们顺利到达孤岛。

孤岛与世隔绝,虽然没有人类居住,但却成了动物的天堂。岛上有许多树木和灌木丛。他们上了岸,信步走着,两人都沉默不语。忽然,他们看到远处有一间石屋,走近了一瞧,石屋已被废弃很久了,上面长满了青苔。

突然,波尔蒂发出一声尖叫,指着左前方。莱布顺着她手指的方向看过去,那是一些白骨。两人面面相觑,正准备离开。可是一条粗大的花斑蛇突然窜了出来,它高昂着头,嘶嘶地吐着信子。莱布上前一步,把波尔蒂挡在身后,然后拔出随身带的刀。只见他手起刀落,蛇成了两半。危险解除了,两人松了一口气。

莱布剥下蛇皮看着白嫩的蛇肉,他提议,生一堆火尝尝蛇肉如何?于是两人生了火,蛇肉被架在火上发出诱人的香味,两人期待着。突然,波尔蒂张大了嘴拍打着莱布的胳膊,莱布转头望了过去。天哪,是一群花斑蛇朝他们涌来。

莱布脸色大变,拉起波尔蒂转身就跑。他们气喘吁吁地跑到石屋旁边,不得不停下来歇一歇。两人明白,他们是跑不过蛇的。看到屋旁的白骨,波尔蒂痛苦地倒了下去。莱布扶着她,示意两人爬上屋顶。可是石墙上有一层厚厚的青苔要爬上去谈何容易,试了好几次,他们都滑落下来。眼看蛇群已经逼近了。波尔蒂吓得腿都软啦。好在屋旁有棵大树,莱布急中生智抛出绳子挂在树上,借助这股力量,他爬上了石屋顶上。

莱布赶紧抛下绳子，波尔蒂抓住绳子往上爬，眼看爬到一半了，由于体力不支，手一滑她又掉了下去。蛇群快要围了上来，波尔蒂再爬不上来就性命难保了。莱布匆匆把绳子结了个圈扔过去，大喊："快套在身上，我拉你上来。"

　　波尔蒂赶忙照做，套好绳索后，莱布把她拽了起来。波尔蒂刚临空，蛇就已经爬了过来。有一条蛇突然蹿了出来，差点咬住了她。莱布用尽全身的力气把她拉了上来，再朝下一看，下面密密麻麻全是蛇。有的蛇试图顺着墙壁爬上来，但是由于墙壁太滑，很快就掉下去了。莱布举起着枪对蛇一阵扫射，但是蛇太多了，根本起不到什么作用。蛇群越堆越多，有的蛇已经快把头伸了上来。

　　波尔蒂赶忙从背包中找出杀虫剂朝蛇喷去，蛇暂时后退了一点，但很快它们又围上来。杀虫剂被用光以后，两人便拿着树枝驱赶蛇。莱布想起了背包里的帐篷，喊道："快把帐篷点着。"波尔蒂依言行事。果然，蛇见到火，立即退后了。不一会儿，帐篷快被烧完了，看着不远处的蛇群，两人抱在一起不知所措。

　　"小心。"莱布说着，挥舞着刀子，一条蛇被削去了头。原来蛇顺着树爬了上来，还不断地有蛇过来。莱布拿着刀子挥舞着。这时，帐篷被烧完了。蛇群又渐渐地扑上来。它们一个顶着一个，把头探到了屋顶。两人背对着，波尔蒂双手拿着树枝驱赶着，莱布一手拿树枝，一手拿着刀挥舞着。时间一长，两人渐渐体力不支，可是蛇群仍源源不断地进攻着他们。

　　突然，三条大蛇从莱布的左侧扑来，他躲避不及吓得闭上了双眼，只觉得耳边一阵风吹过，头顶上像是有一个大爪子掠过。莱布睁开眼睛一看，原来是一群大嘴秃鹫朝这边飞来。蛇群成了它们的美餐，一会儿工夫，这群蛇都进了大嘴秃鹫的肚子。然后，它们又成群结队地飞走了。

　　莱布扶着波尔蒂顺着树爬了下来。波尔蒂神色恍惚一下子瘫坐在地上，她望着眼前的一切说道："亲爱的，我们来到地狱了吗？"

　　"不，不，这里是孤岛，是我们曾经工作过的地方。我们得救了。"莱布说道。

波尔蒂一下子哭了出来,她哽咽着说:"我不要跟你离婚了,以前我总觉得你懦弱,没有男子气概,今天我才知道,你才是真正的男子汉。"说完,两人紧紧相拥在一起。

 你真正了解你周围的人吗?或许对于你周围的人,你总会怀有一种偏见,让你无法完全看清楚某个人。比如故事中的莱布,身为妻子的波尔蒂,一直觉得丈夫是一个懦弱的人,却没有想到,两人身处险境的时候,正是这个"懦弱"的丈夫,同蛇群做着生死搏斗,将自己从死亡的边缘拉了回来。

正是这次危机,让波尔蒂重新认识了自己的丈夫,两个人的婚姻才没有破裂。由此可见,危险不是最可怕的东西,可怕的是平日的偏见,只有打破这些偏见,才能够认清楚人的本性。

不要轻易地评价一个人,因为个人的观点并不一定全面。平时的懦弱并不代表着危急时刻的不勇敢,憨厚的背后很可能隐藏着大睿智。

阿波罗13号历险

1970年4月11日，阿波罗13号在众人的注目下，由土星五号运载火箭发射升空，进行计划中的第三次登月飞行。这次飞行的航天员是拉威尔、海斯和斯威加特。

在最初的两天里，飞船的飞行非常顺利，因此显得有些过于单调。地面飞行控制中心的卡温工程师开玩笑地对飞船说："我们实在闷得要死。"然而，灾难却在不经意间来临了。在13日夜间九点左右，飞船处于进入转向月球轨道的最后阶段。当时，三位宇航员正准备晚间休息。突然，飞船内爆发出一声沉闷的响声，宇航员们还没明白过来是怎么回事呢，飞船就猛然震动起来，紧接着警报器的铃声大作，警报灯也闪烁不停。

"喂，我们这里出了问题。"斯威加特立即向休斯顿飞控中心发出报告。

海斯也急匆匆地从登月舱赶回主舱，以了解情况。当他漂浮着经过两舱之间的通道时，听到了一种金属折曲的声响。紧接着，飞船又是一阵晃动，海斯努力稳住自己，静心思考：难道飞船碰到了陨石？但是，他刚从那儿过来，并没有发现任何异常。这时，他发现仪表显示出一些系统的电压已经降到零了。这下麻烦大了，飞船上的电源出了问题，恐怕登月任务要告吹了。

飞船还在微微抖动着，斯惠格试着用推进器稳定船身，但一点儿作用都没有。更糟的是，主舱内的两罐氧气也快用完了。经过仔细检查，他们才发现是由于液氧贮箱爆炸起火，导致飞船上的氢氧燃料电池损坏了。现在，情况越来越危急，不但登月成了泡影，就连宇航员的生命都受到了威胁。因此，休斯顿飞控中心立即作出决定:中止登月飞行,立即返回地球。

　　这时,一个棘手的问题摆在三名宇航员面前:飞船离地球已经有 38 万公里,早越过地球引力界面,正在月球引力下往月球飞去。而且,可启动主舱的主火箭也受到了损害,因此难以续航。那么现在到底该怎么办呢? 千钧一发之际,他们灵机一动,把希望寄托在最小的登月舱上。因为登月舱还是完好无损,而且氧气、电池、燃料以及火箭引擎已经备足,完全可以帮助他们逃生。

　　然后,宇航员们决定利用登月舱的下降火箭作为助推火箭,之后再进行绕月飞行,借用月球的引力,弯曲飞船的飞行轨道,使之奔向地球。不过,他们此前还没有如此使用过登月舱引擎,因此风险很大。如果行动失败的话,他们将成为太空僵尸。但是,此时他们已别无选择。

　　为了确保计划顺利进行,三名宇航员对登月舱的火箭做了精确的准备工作。到了第二天凌晨 2 点 42 分,他们终于启动了下降火箭引擎,把飞船纳入了返地轨道。真是万幸,一切都顺利。不过,由于登月舱的电力只能供两人使用 45 个小时,可是他们却是三个人,而且需要停留将近 100 个小时。于是,他们只得关闭了舱内的部分系统,尽量延长电力的使用时间。但这样一来,舱内就无法冷却水以保持各种电子设备的温度,此外,随着时间的流逝,舱内的温度也会逐渐下降,令人难以忍受。

　　飞船在茫茫的太空中朝月球飞去,这时,宇航员们已经能用肉眼看到月球表面的陨石坑了。但他们正全神贯注地盯着飞船上的仪表,根本无心欣赏这幅奇景。到了下午六点,阿波罗 13 号飞近了月球的北面,它做了一次离月球表面仅 222 千米的弧形飞行,半小时后,便飞出月球阴影区,朝地球飞去。

　　不久,登月舱里的几瓶空气净化剂用完了,舱内很快就充满了三个人呼出的二氧化碳,这使他们感到窒息。最后,他们想出了一个绝妙的办法:把主舱里净化剂的气体灌入塑料袋内,再挤入登月舱的圆形装置。几分钟后,二氧化碳果然降到了正常水平。但此时,舱内的温度极低,根本无法睡眠,三人只好紧挨在一起。

15 日，飞船进入了返回地球的轨道。此时，舱内的温度越来越低，氧气、水、电也越来越少。由于一直控制饮用水，海斯患上了肾炎，身体非常虚弱，拉威尔和斯威加特的情绪也有些烦躁不安。飞控中心的指挥员一直和他们保持着联系，鼓励他们，并提醒他们吞服镇静剂。

17 日凌晨，三名宇航员终于迎来一丝希望，因为他们隐约看到了地球。然而，洛威尔却发现飞船偏离了重返大气层的正常轨道。他稳定心神，屏声敛息，努力矫正飞行的姿势。太棒了，飞船终于进入了正确位置。

上午时分，斯威加特遵照休斯顿的指令，带着一种伤感和感激之情，将曾救过他们命的登月舱丢弃于太空之中，然后返回到指令舱，等待最后的关头。

飞船逐渐逼近大气层。飞控中心所有的工作人员都非常紧张，他们的心揪着。这时，飞船猛然插入大气层，在它的后部形成了一个因空气受高温而形成的电离子尾巴，阻断了一会儿无线电通信。一分钟后，阿波罗 13 号安全地出现在众人面前。接着，飞船主舱上的大伞打开了，然后悠然地向下降落。

三名宇航员成功返航了，毫无疑问，这是宇航史上最令人惊叹不已的一个伟大的奇迹。

三名宇航员在进行登月计划时，却因飞船上的一个小问题，差点丧生在茫茫的太空中。危急之下，他们做出了一个大胆的决定，利用完好无损的登月舱逃生。要知道，此前从未有人这样使用过，一切都是未知。

然而，他们并没有听从命运的安排，而是尽自己所能，利用一切可以利用的东西，帮助自己获得生存的机会。另外，在紧要关头，他们懂得取舍，并能以坚忍顽强的意志面对死亡的考验，终于安全返航。阿波罗 13 号上的每一个人都值得我们敬佩。

在世界上，真正能够改变自己的命运只有自己，自己的命运掌握在自己的手中。因此，即使在最绝望的时候，也不要放弃希望，一定要相信自己可以渡过难关。

惊险的太空之旅

1965 年 3 月 18 日，苏联宇航员阿列克谢·列昂诺夫离开飞船，进入宇宙空间，并冒险在空间漂浮了 12 分钟，首次创下人类在太空漫步的奇迹，为航空史上描下浓重的一笔。然而，这次太空行走极为不易，有许多鲜为人知的内幕。

原来，在 1964 年的时候，美国就已紧锣密鼓地实施太空行走的计划。当苏联方面得知这一情报后，立即组织国内专家，决定抢在美国之前完成这一壮举。因为当时正值美苏争霸，苏联政府提出了"我们要走在全世界的前面"的口号，自然不愿输给自己的头号劲敌。

不久，弹射座椅和舱外太空行走设备总设计师塞弗林率领一帮精兵强将，夜以继日地工作，终于研制出了一种带有简易气闸的宇宙 57 号卫星。但是，这座运载飞船的卫星在进行发射试验中，由于地面人员错发了指令，结果发生了爆炸，并在之后的试验中又失败了两次，致使太空行走计划受到阻碍。事已至此，重新研制一艘飞船再进行试验肯定来不及了，于是，塞弗林毅然决定按原计划进行太空行走活动。

1965 年 3 月 18 日，拜科努尔航天发射场被厚厚的冰雪覆盖着。"上升"2 号的两名航天员列昂诺夫及同伴别列亚耶夫已准备完毕，等待升空。在临行前，此次航天计划的总设计师科罗缪夫告诉他们："这是人类第一次在太空中行走，没有经验，也没有资料，一切全靠你们自己掌握。"

莫斯科时间上午十点，"上升"2 号飞船轰鸣着，载着两名航天员飞向茫茫太空。

不久，他们乘坐飞船顺利地进入了预定的轨道，开始自由飞行。

终于，进行太空行走的时间到了！在别列亚耶夫的帮助下，列昂诺夫将一个生命保障系统背包套在自己的压力服外表，开始吸纯氧。在飞船内，航天员呼吸的是氧氮混合气体，但是，在进入没有压力的太空时，人血液中的氮可能会形成致命的气泡，因此在出舱前，宇航员必须将血液中的氮完全清除。

一个小时后，地球上的人们从电视上看到了这样的景象："上升"2 号气闸舱的圆形舱盖开始移动并逐渐开启。随即，身穿航天服的列昂诺夫从舱口探出了他戴着头盔的脑袋，接着是他的肩膀，然后是整个身体。这时，在列昂诺夫的身上，拴着一根与飞船相连的绳链，这根绳链长 5.35 米，里面装有一根电话线，很像婴儿的脐带。

出舱后的列昂诺夫，身体开始"自由飘落"。之后，他与"上升"2 号飞船并列，以每小时 28000 千米的速度绕地球运行。

起初，列昂诺夫感到极不适应。面对茫茫太空，他陷入了无声无息、无依无靠的惶恐中。更令他不安的是，身体跟着飞船在旋转，周围没有什么东西能够让他抓住，有劲也使不上。幸好他身上拴着安全带。不过，此时那根 5 米多长的绳子已经把他缠绕了起来，一直裹进舱口，才停止了旋转。

突然出现的意外，令列昂诺夫心率失常，紧张出汗。渐渐地，他终于摆脱了这种不适感，硬着头皮进行太空行走。而飞船内，别利亚耶夫则紧张地盯着监控器，并利用遥测设备观察着同伴在太空中的一举一动。

列昂诺夫已被眼前的景色震慑住了。地球上空的云、黑海的海岸、高加索的山脊、森林和高山，这一切都无比壮观，感觉棒极了！他还试着翻了个筋斗，并从舱外卸掉一个相机，移动了几件舱外物体。事实证明，太空并不可怕，人只要穿上航天服带上生保背包就能在舱外工作和生存。

很快，预定的 12 分钟太空行走结束。别利亚耶夫提醒列昂诺夫返回座舱。可是,就在这个时候出现了麻烦,列昂诺夫准备将舱外的相机放进过渡舱时,却发觉只要一松手它就飘走,最后只得硬把相机推进通道,并用脚踩住,才能把它放下。

当时,为了踩住相机,列昂诺夫的脚先进到过渡舱里,不料身子却被卡在了舱门口,怎么也进不去。原来,由于太空是真空的,无法从外部对航天服施压,因此他身上的航天服膨胀起来。要知道,气闸舱门口的断面直径只有 120 厘米,而膨胀的航天服直径竟然达到了 190 厘米。

随后,列昂诺夫拼命钻了几次,始终无法进入舱门。经过这一番折腾,他已累得汗流浃背,连头盔的面罩上也蒙着一层水汽,眼前一片模糊。同时,由于过于紧张,加上全身过度疲劳,列昂诺夫的意识都出现了问题。

正在这危急时刻,列昂诺夫突然想起航天服的腰部设有四个按钮,每一个按钮都可以释放掉服内四分之一的空气。于是,他强忍着痛苦,数次对太空服放气减压,终于使它瘪了下来。最后,他勉强挤进了舱内,回到同伴身边。为了这次入舱,列昂诺夫出了很多汗,体重减轻了 5.4 千克。

人类第一次太空行走就在惊险中结束了,但麻烦仍未结束。3 月 19 日,当列昂诺夫与别利亚耶夫准备返回地面并自动降落时。突然发现自动导航与着陆系统出现了故障。于是,他们不得不冒险使用手动定向系统降落。但由于手动系统不够精确,飞船偏离了预定的着陆点,最后降落在白雪皑皑的乌拉尔山原始森林中。所幸的是,两人均没有受伤。最后,他们徒步走出森林,赶到了 9 千米外的临时停机坪。

43 年过去了,列昂诺夫仍然经常回忆当时的情景。有一次,一位记者问列昂诺夫:"据说,当时有一个秘密规定,如果你无法回到飞船里面,指挥官别利亚耶夫可以独自返回地面。"列昂诺夫听后笑了笑说:"即便牺牲自己的生命,我的战友也不会让我孤独地留在太空中的。"

在没有经验、没有资料的情况下，列昂诺夫和别利亚耶夫却毅然乘坐飞船，奔向了茫茫的宇宙。等待他们的是可怕未知，何况他们乘坐的飞船，甚至还有过几次失败的记录。但是，他们却勇于冒险，并适时调整情绪。尤其是列昂诺夫，他的冷静使他化险为夷，成功地完成了在太空行走的计划。

当"上升"2号返回地面，飞船的系统又出现了故障，真是一波未平一波又起。好在两位宇航员机智冷静，终于平安抵达地面。

如今，列昂诺夫已成为人人称赞的宇航英雄。他和同伴在太空中首创的奇迹，将会永远流传下去，鼓励后人。

· ·

随机应变，是生活舞台上必不可少的重头戏。它不但可以使人在尴尬面前重新站起来，还可以在危急时刻扭转局面，反败为胜。

火山口探险

火山爆发是非常可怕的,褐色的岩浆一泻千里,轰隆隆的声音不绝于耳,黑云遮天蔽日,甚至还会引发海啸等自然灾害,但是许多勇敢的科学家,还是冒着生命危险去探索火山爆发的奥秘,比利时的哈伦·塔齐耶夫就是其中的一位。

在加勒比海东部群岛,有一个叫瓜德罗普岛的小岛,风景如画,资源十分丰富,非常适合发展旅游业。但是,在1976年夏天,这座风景宜人的小岛上乌云笼罩,为什么呢?原来岛上的苏弗利埃尔火山数月来频频喷发,威胁着岛上居民的生命安全,也严重影响了岛上居民的生活。

当地的火山专家认为,火山总爆发迫在眉睫,岛上居民必须在六个星期内全部搬走。岛上居民顿时人心惶惶,不知道该如何是好。

正在大家不知所措的时候,火山专家哈伦·塔齐耶夫来了。他从事火山探险已经40多年,具有丰富的火山研究经验。以他为首的专家小组认为,苏弗里埃尔火山的内部结构与千岛群岛、印度尼西亚群岛上的许多火山构造类似,近期每十分钟爆发一次与地下水被加热有关。当地下水被加热而产生高压蒸汽,高压蒸汽又受到压力的冲击而爆发出来,从而引起火山爆发。因此,苏弗里埃尔火山近期并不会发生灾难性的火山爆发。

但是,这还仅仅只是专家们的推测,而火山爆发关系到几万人的生命财产安全问题,因此专家们的观点是必须具有足够的证据来支撑的。为此,塔齐耶夫决定亲自到火山口去查看岩石的变化情况。然而,许多专家劝他打消这个念头,因为在频频爆发的火山口进行勘察，那是一件十分危险的事情，但是塔齐耶夫已经下定了决心，他坚决要冒这个险。

8月30日早晨，塔齐耶夫带领九位专家，戴上安全头盔和防火眼镜，穿着特制的防火衣出发了。一路上他们小心翼翼，经过几个小时的攀登，终于爬上了海拔1467米的火山口附近。

刚爬到山顶，塔齐耶夫发现其中的两个化学家不见了。他急忙向四周望去，原来是那两个化学家掉队了，塔齐耶夫这才松了一口气。然而更糟糕的是，就在这个时候，火山口突然冒出一股可怕的透明气体，直冲云霄，并变成了黑色。

"快躲开！火山要喷发了！"塔齐耶夫刚喊出口，岩浆就像沸腾的钢水一般喷射出来，一下子窜起了几十米高的"喷泉"，一阵阵爆炸声震耳欲聋，一团团黑烟拔地而起，无数块破碎的岩石像雨点般落下来，打在他们身上，情况十分危急，必须找个安全的地方。

慌乱中，两名探险队员不小心失足，掉进了山谷，塔齐耶夫和剩下的四个人缩在一起，躲进了沼泽地。

沼泽地就在火山旁边，并不是安全地带，岩石碎片还是不时从空中落下来，有两块砸到了塔齐耶夫的头盔上。他被震得眼冒金星，险些昏过去。经历过上百次的火山探险，像这种情况他还是第一次遇到，而且是最危险的一次。

塔齐耶夫快要窒息了。可是火山仍不停地喷发着，塔齐耶夫周围积满了岩石，死神眼看就要降临。看着四名趴在地上的同伴，塔齐耶夫感到一阵内疚，但是他很快意识到目前最要紧的事情是脱离险境，到安全的地方去！

岩浆以惊人的速度往出喷射，每小时达80千米，平均每分钟就要落下三四十块岩石。就在这时，一块炽热的熔岩从塔齐耶夫身边流过，热浪烤得他透不过气来。塔齐耶夫下意识地向后挪了挪，但最后还是鼓起勇气，冒着巨大的生命危险，伸出特种高温合成金制作的探棒，蘸取了少量的熔岩样品。探棒触到熔岩的那一瞬间，探棒上的温度计立即显示岩浆的温度——1250℃。

　　过了一会儿,流出的岩浆颜色渐渐变成了黑褐色。探险者们乘着火山轰鸣的间隙取出电脑分析仪,分析岩浆中的各种成分。同时,他们还趁机收集了硫化物、氯化物和其他气体的样品。经过分析,塔齐耶夫发现,这些气体的浓度比他们先前估计的要低,通过一系列的探测数据证实,苏弗里埃尔火山并不具备火山总爆发的条件。

　　新一轮的爆发又开始了。塔齐耶夫竭力控制自己的情绪,镇定地趴在火辣辣的地面上。然而,意想不到的是,一块滚烫的碎石砸了过来,他来不及躲闪,碎石砸到了膝盖骨。一阵钻心的痛楚之后,他感到双脚麻木,全身都在抽搐。塔齐耶夫下意识地伸了伸双腿,发现自己的双脚还能动弹。于是,他忍着疼痛紧贴着地面,静静地等待火山喷发尽快结束。

　　火山喷发了八分多钟。塔齐耶夫根据以往的经验:火山大爆发的高峰时间极短,往往只能持续几秒钟,甚至不超过一秒,但是喷射的岩浆碎石数量极大。现在岩浆喷出火山口过了两分钟才达到高峰,这让塔齐耶夫更坚定了自己的判断:近期内,苏佛里埃尔火山不会发生可怕的大爆发。

　　就在塔齐耶夫为此感高兴的时候,岩浆喷发又开始了。这次,一块十多千克的石块滚落下来,撞到他的胸口,击断了他右边的几根肋骨。他感到一阵撕心裂肺的疼痛,鲜血直往外流,很快他就晕了过去。

　　大约十分钟之后,隆隆的喷发声终于停止了,周围一下子安静下来,空气好像凝固了一般。幸运的是,浑身是血的塔齐耶夫,居然奇迹般地醒过来了。他和同伴们拖着伤痕累累的躯体,相互搀扶着缓缓向山下走来。临走时,塔齐耶夫还不忘记,抓了几块冷却的熔岩标本,塞入了随身携带的耐火袋中。就在这时候,一架巡视的飞机发现了他们,这几位火山探险者终于获救了。

　　塔齐耶夫他们冒险勘测,使瓜德罗普岛上的七万多居民避免了一次大迁移,因此受到政府的奖励,人们还尊称他为"火神"。

到苏佛里埃尔火山口探测是危险的，因为火山随时都会喷发，但是塔齐耶夫还是与同伴一起去了那里。正是因为他们甘愿冒着生命危险来证实火山不会发生总爆发，从而使瓜德罗普岛上七万居民避免了一次大迁移。

　　谁都知道，到正在喷发的火山口去探测，那是一次真正的冒险行动，但是塔齐耶夫还是无所畏惧，依然坚持自己的决定，到火山口去探险。由于苏弗里埃尔火山正在喷发，因此人到那里，随时可能被滚烫的岩浆淹没，或者被炽热的碎石砸到，可是塔齐耶夫没有被这些吓倒。他勇敢地来到火山口探测岩浆的喷发情况，以及总喷发的可能性。即使他的右肋骨断裂、膝盖骨被砸伤，他也没有放弃自己的探测行动，而是仍旧在火山口附近进行研究。最后，他终于得到了充足的证据来证明自己的判断。

 如果你下定决心去做一件事情，并坚持下去，那么没有什么困难能够阻挡得了你的成功。

火山口惊魂记

在美国哥伦比亚西南部,有一座海拔 4276 米的活火山——加莱拉斯火山。它在 1936 年和 1945 年曾喷发过大量的熔岩。在 1992 年以前,也曾喷发过几次,只是规模都不大,并没有对周围地区的居民构成生命威胁。但是,有科学家预言,在不久的一段时间内,这个火山将会有一次较大规模的爆发。可是,怎样才能预测它的爆发,从而减少生命财产的损失呢? 科学家们对此一筹莫展。

1993 年 1 月 11 日,来自世界各地的 90 多位科学家聚集在加莱拉斯火山附近的帕斯托镇开会。会议上,90 多名科学家提出了两种预知火山爆发的观点:一是通过测量重力变化以推断岩浆上升情况;二是跟踪冒出来的气体成分变化情况来预测。为了验证这两种新的预测手段,十几位科学家策划了一次实地勘查行动。当然,在行动之前,有专家曾站出来表示反对,因为火山爆发前,并没有任何征兆,万一突然爆发,后果不堪设想。但是,如果不到火山口去探险,怎么验证此前的观点,怎么获得更多的科学资料呢? 此外,火山爆发虽然给人类带来了一定的灾难,但同时也充满着神奇性、观赏性和知识性。可以说,火山不仅对人们有极强的吸引力,而且也给人类带来了许许多多的"礼物",比如,火山地热是地球上最"干净"和廉价的能源,开发前景广阔,某些火山还伴有温泉、矿泉、药泉、冷泉,可以为人类提供休假、疗养、治病的天然环境。同时,火山将金、银、有色金属、稀有金属,非金属等资源由地壳深部带至地表,并在适当部位富集成矿,供人类开发利用。总之,这一切都对科学家充满了诱惑。很显然,这次实地勘察活动势在必行。

1 月 14 日上午,在美国亚利桑那大学的火山学家斯坦利·威廉斯率领下,15 位志同道合、经验丰富的科学家带着测量仪器，毅然踏上了去火山口探险的道路。他们每个人的心里都很清楚：这是一次生死未卜的探险挑战。

那天的雾很大，天色灰暗，科学家们艰难地登上了火山。开始时进展非常顺利，他们有的拍照、有的记录、有的观测、有的在火山口收集喷气孔的气体样本。此时，加莱拉斯火山十分温顺，没有传言中的那么可怕。快到中午的时候，测试工作基本完成，大部分人准备收工了，只有七名科学家仍在为一些数据忙碌着。

随后，两名科学家路易斯·勒马里耶和何塞·阿莱斯先行离开，当他们爬上火山口边缘时，忽然看到山下升起了一柱黄色烟雾。紧接着，火山便发生了几次中等规模的石崩。斯坦利·威廉斯安慰大家，这可能是微震活动，有些休眠火山也会出现这样的情况。然而，正当科学家们陆陆续续爬出火山口时，岩石开始从火山口内侧垂落下来，火山剧烈地颤抖起来。

"赶快离开这里！"斯坦利大声喊道。

一切都晚了，加莱拉斯火山要"发怒"了！只听火山口爆发出接连不断的震耳欲聋的响声，山顶顿时冒出炽热的熔岩，喷出的气体、碎石和火山灰高达几千米。瞬间，烟尘滚滚，巨响不断，大地在颤抖。坑底的两名科学家和坑边的四名科学家来不及跑出，当场丧命。斯坦利等人见状拔腿就跑，石块如雨点般飞滚而下，何塞·阿莱斯学者当即被砸得血肉模糊，鲜血淋漓。佛罗里达大学的地质学家安德鲁·麦克法兰博士的腿上被砸出多处淤血，双手也因为在炽热的石头上爬行被严重烫伤，场面十分凄惨，幸存者不顾一切地冲向山坡。斯坦利也跌跌撞撞地奔向山脚。但是，石块仍在不断飞下，其中几块打在他的背包上，背包当时就着了火。接着，又有几块石头砸中了他的双腿。求生的欲望迫使他忍着伤痛，继续跑下去。但跑了没几步，他便一头栽倒在地，失去了意识。

后来，遍体鳞伤的斯坦利因抢救及时捡回了一条命。然而痊愈后，他还准备重返加莱斯火山探险，尽管那里依然很危险，但他还是挡不住那谜一般的诱惑。他在自己的日记中这样说道："人类应该想方设法找到预测火山的金钥匙！这就是探险的价值。"

直到今天，人类还是不能对火山爆发进行准确的预测。不过，我们相信，赴加莱拉斯火山探险的科学家们不会白白牺牲。总有一天，我们会战胜火山带来的灾难，使其服务于人类，以告慰那些为科学而献身的人。

火山与人类的生存密切相关，正如文中所言，火山既给人类带来了灾难，也为人类创造了丰富的财富。因此，研究火山对资源、能源、环境的发展都具有非常重要的意义。如果能够掌握火山的喷发规律，那么人们就可以预防危险，还可以使其造福于人类。

在文中，来自世界各地的科学家正是基于这样的使命，才甘愿冒着生命的危险，进入火山地进行实地勘察。不幸的是，他们遇上了火山爆发，致使许多人失去了宝贵生命。尽管行动失败了，但幸存者依然没有被灾难所吓倒，他们依然为自己钟爱的科学实验而奋斗着。而那些遇难者的生命也不会白白付出，在科学探索的道路上，他们大无畏的精神永远激励着后人不断前进。

满足是进步的敌人，胆怯是懦夫的表现。求知是探索的最大动力，永不满足，抛弃胆怯，才能在未知的道路上有所收获。

到火山口采摘热血之花

在夏威夷岛上的科劳尔火山口的斜坡上，生长着一种罕见的物种——夏威夷菊。这种植物需要十年的时间才能扎根于火山岩上，然后长出一只长长的茎，开一次花就凋谢。乍眼看去，它就像悬崖边上一抹洁白的积雪。事实上，它的生命也就比积雪长一些，因此稀有而珍贵。它的授粉很困难，大约每株植物每50年才能授粉一次，再加上近年来环境破坏，一度传说夏威夷菊已趋于灭绝。然而，这种花极耐高温酸腐，因此具有很高的科研价值。

2005年10月，火山专家洛厄尔在乘坐直升机进行观测时，在科劳尔火山口看到过一株花，样子很像是传说中的夏威夷菊。加利福尼亚大学植物学家梅里尔得知此事后，专程赶到夏威夷岛，恳请洛厄尔带他去找夏威夷菊。其实梅里尔执著地寻找的这种花只是为了完成好友的遗愿。

他告诉洛厄尔，他的这位好友是一位火山专家，上个月在工作时突遭火山爆发，因为防高温服遭到破坏而不幸重伤死亡。好友在工作日记中写到：夏威夷菊就生活在环境恶劣的火山口，可以耐高温和强酸腐蚀，如果能提取它的茎干纤维或找到它耐高温的基因原理，然后制作出防高温耐酸腐的衣服，这样就会更好地保护从事这类危险工作的人员的生命安全。

洛厄尔听了梅里尔的述说，思考了半天才点头答应。但是，要去科劳尔火山并不简单，因为直到今天它还在不断地喷发呢。因此，他们必须乘坐直升机前往那里，否则很容易遇到新冒出来的岩浆。如果不慎踩到，就会立刻陷进去，遭受灭顶之灾。

科劳尔火山的上方并不平静,阴云和风雨几乎每天都拜访这里。因此,当梅里尔和洛厄尔乘坐的直升机靠近科劳尔火山时,天空忽然阴沉下来,乌云密布,似乎有一场暴风雨即将来临。驾驶员格雷克小心地驾驶着飞机越过山峰,然而,越靠近火山烟越白,能见度极低。洛厄尔建议返航,但是,梅里尔却不愿意就此放弃。他认为,要申请用一次直升机并不容易,而且夏威夷菊随时可能凋谢,因此他固执地要求继续飞行。

洛厄尔只好同意冒险前行。直升机在离火山口只有 20 米的上空盘旋着,突然,发动机因为下面的浓烟而塞住了气门。直升机失去了动力,在上升的气流中剧烈地摇晃起来。透过浓浓的烟雾,可以看到下方翻滚沸腾的熔岩池,令人胆战心惊。

格雷克小心地避开那里,但他的视线实在太模糊了,直升机的螺旋桨竟然在不知不觉中撞在了火山口的岩壁上。瞬间,机舱里的每个人都感到天旋地转,飞舞的机翼、螺旋桨碎片还有黄褐色的岩壁交错混乱地在眼前闪过,巨大的轰鸣声和刺耳的撞击声充斥在耳边。更恐怖的是,飞机直线掉向熔岩池的方向。

所幸的是,随着一阵剧烈的撞击,飞机落在了离熔岩池 100 米的平地上。由于害怕爆炸,梅里尔三人立刻解开安全带逃离直升机。梅里尔和洛厄尔身上只有青肿的撞伤,但格雷克的眉头却被撕开了一块皮肉。替格雷克作了简单包扎后,他们三人马上离开了那里,向火山顶部爬去。这时,脚下的土地不断冒出炽热的蒸汽,令整片土地似蒸炉一般。火山里的石块非常脆弱,早被高温炙烤得不堪一击,因此向上攀爬时格外消耗体力。

在爬了一个小时后,他们被困在了一面几乎是垂直的岩壁上。炽热的高温令三人汗流浃背,而且,从火山地冒出的有毒浓烟弥漫在火山口,呛得人喘不过气来,就连眼睛也红肿起来。

过了一会儿,天空更加灰暗,看样子午间时分风暴就要降临了。果然,没多久,豆大的雨点噼里啪啦地打了下来。很快,雨水与山里冒出的二氧化硫相结合,产生了大量的硫酸雨。顿时,酸雨打落在他们裸露的皮肤上,让人感到又痛又痒。

一会儿之后,暴雨终于停了。可情况仍不乐观,尽管他们三人此时都戴着防护

面罩,但有毒的二氧化硫却与湿气相结合,充斥着他们的肺部,几乎令人窒息。

"我们还是回到直升机那里想办法吧。或许可以试试将无线电修好,向观测站求救。"格雷克建议道。

于是,他们三个又踩进泥泞中,小心地挪动身子,下到了最下面的平地上。梅里尔懂得一点修理技术,最后,他竟将无线电接好。格雷克立即把他们的情况向观测站做了简要报告,观测站马上派出一架直升机前来援救。

半个小时后,苦苦挣扎的三人终于等来了救援飞机。洛厄尔和格雷克先后被拉了上去。梅里尔也抓紧绳子,开始向上升去。眼看着就要脱离火山口了。他忽然发现在火山口的黑色玄武石的石缝中,一株纯白的花朵正迎着风、迎着毒气,勇敢地绽放着。

"看啊,夏威夷菊! 这或许是世间唯一的一株!"梅里尔惊喜地喊道。但是,发动机里开始发出的嘈杂声让驾驶员不安。他立即拉动操纵杆,准备离开这里。这时,梅里尔把心一横,蜷曲着身子跳了下去。

火山口上遍布着碎石和泥土,梅里尔从几米高处跳下来,被碎石划得遍体鳞伤。但他毫不在意,此刻,他的眼里只有夏威夷菊。他激动跑过去,伸手去挖花根。

可就在这时,一声巨响猛然间从火山口里传来,科劳尔火山开始爆发了。只见底下的熔岩池缓缓上升,将坑底的直升机吞没,接着又漫出了火山口,向山下而去。

"快跑!"飞机上的人大叫起来。梅里尔挖出菊花,慌忙向山坡下跑去。好在岩浆的速度慢,每分钟只能流几米。但是,松软的泥土不利于奔跑,梅里尔不小心摔倒了。他双手高高地举起夏威夷菊,然后爬起身继续奔跑。

就在岩浆快要追上梅里尔时,直升机冒着坠毁的危险,赶过来将绳索放下。他一把抓住绳索,随着直升机迅速攀升。梅里尔安全得救了,这时,岩浆悄无声息地浸过他刚才站过的地方,以势不可挡的速度继续向山下涌去。

　　提起火山,人们就会想起炽热的岩浆和有毒气体,因此很少有人敢去火山探险。但是,植物学家梅里尔为了朋友的遗愿,却冒着生命危险登上了科劳尔火山,去采集世间少有的热血之花——夏威夷菊。
　　在采集夏威夷菊的过程中,他和洛厄尔以及格雷克经历了一次次惊心动魄的场面,甚至于差点搭上了生命。但是,面对这些挑战,梅里尔始终不放弃,他的身上有一股执著向前冲的劲头。他坚持自己的信念,在危急时刻,也能极大地发挥出自己坚忍不拔的精神,他最终在最后的紧要关头如愿以偿,采到了珍贵的花朵。

　　只要能坚持信念,勇于冲破困难,那么最终会收获到最光彩夺目的胜利果实。

昆仑山科考历险记

昆仑山横亘于中国新疆、西藏的交界处，它西起帕米尔，东至四川北部，绵延2500千米，是青藏高原的北缘突起部分，它的一般高度在5000米以上，是我国最长最高的山脉之一。传说中，它既是一座深山和通天山，又是一座鬼山和死神山。因此，这个传说勾起了无数探险家和科学家的好奇心，并心驰神往。

1989年7月6日，一支由14人组成的中国考察队进入峰峦耸峙的昆仑山，对该山的中段以及东段无人区进行了艰巨的多学科科学考察，试图揭开沉睡在昆仑山的秘密，使人们更深入地认识青藏高原。

考察队员们经过玉龙喀什河的时候，由于一名队员出现高山反应，所以先行过河，其他人则攀登到山顶采集植物标本。然而，等大队人马采集完标本后，却发现河水突涨，河面变宽，很难跨过对岸了。现在虽是7月份，一旦到了晚上，刺骨的寒风如刀子般刮在脸上，如果露宿一夜，即使冻不死也会大病一场。于是领队决定冒险强渡，他吩咐先行过河的那位队员将绳子连接起来，一端缠在腰上自成桩子，一端甩过岸。然后他第一个拽着绳子下了河。

水流湍急，一旦失足跌倒，就会被激流冲走，或者撞在巨石上，粉身碎骨。但领队毫无畏惧，他曾20多次进藏，早见惯了大风大浪，这点困难算不得什么。只见他跌跌撞撞地向河对岸走去。忽然，他脚下一滑，一个趔趄，差点摔进了河里。但他依然紧紧抓着绳子，挺直身子，慢慢前进，最后终于安全到达对岸。其他队员纷纷受到他的鼓励，也跟着过了河。

当他们深入昆仑山腹地时，都被眼前的奇景惊呆了。谁也没有料到，在这片海拔3000~4000米的高寒草原地带，竟然是一片绿意盎然，同时，山间还时不时地传来鸟儿清脆的叫声。令人恍惚间，还以为是到了一片世外桃源。此番奇景真是令人啧啧称赞。

探险队继续前行，最后在叶亦克草原扎营，收集气象资料，并详尽了解青藏高原的气象变化。

7月24日，另一支探险队又乘车来到了昆仑山。当时正在下雨，远山隐藏在雾幕中，似一幅美丽的水墨画。车顺着一条河谷前进，越往山顶雨越大，河水也越涨越高。这时，考察队员的心头升起一种不祥的预感。果然，走了没多远，一道仅三米宽的山隙阻挡了他们的前进。而且，河床陡然升起呈梯子状，两边山岩直立，门一样地呈现在探险队员的眼前。更让人感到恐惧的是，一股洪水正从山口迎面冲泻而来，大有摧毁一切之势。

"快掉头，冲下去！"

六辆车立即掉转车头，夺路而逃。山路坑坑洼洼，崎岖不平，汽车剧烈地颠簸着。司机瞪大眼睛，全神贯注，开足马力冲了下去。这时，河水涨得更高了，已经淹到了车门下，但是车离山口至少还有两个小时的路程。顿时，每个人都感到忧虑、恐惧，车只能盲目地向山下冲去。突然，前方水面现出了一小块坡地。六辆车跌跌撞撞地挤了上去。就在大家惊魂未定时，洪峰降临了，水量立即增大几倍，并浩浩荡荡、席卷着滚滚而过。但万幸的是，这块小坡地刚好能容下六辆车。

洪峰来得快，去得也快。不一会儿，水位便降至车门以下。队员们和死神打了个照面，又全身而退，个个忍不住长舒了一口气。随后，他们顺着沟谷，回到了营寨。

8月1日，考察队又向于田县南、昆仑腹地中的卡尔达西火山群进发。路上，牲畜遗尸累累，白骨堆积，令人触目惊心。坡度非常陡，队员们拼力地登上山区，走了半夜才找到一处扎营地。晚上，野狼在附近嚎叫着，队员们紧紧握着铁锹和地质锤，担惊受怕地过了一夜。当他们登上海拔5500米的高原时，天上却飘起了鹅毛大雪，还伴着阵阵雷鸣。队员们在雪地里蹒跚地前行着。但是，值得欣慰的是，他们顺利收集了有关卡尔达西火山的大量综合资料，意义非常重大。

8月26日，考察队又进入阿金山自然保护区作调查。他们在山谷间看到了一片碧绿的湖水，湖边草甸上栖息着上百头野牦牛。它们个大黑壮，看上去威风凛凛。成群的野牦牛并不可怕，因此考察队靠近了牦牛群。突然，一只野牦牛不知怎么动了气，埋头气势汹汹地冲了过来。吓得大家四散逃开。野牦牛直对着一名记者冲过去，眼看就要把他撞飞。情急之下，那名记者甩出手中的相机，引开了野牦牛的注意力，方才脱身。

毋庸置疑，科考的过程中随时都会遇到险境，但队员们为了自己的事业，义无反顾地驻扎在那里。青藏高原的神奇魅力召唤着他们，并号召无数热爱科研的人们投身到这个亦苦亦乐的事业中，为科学研究奉献着自己的力量。

昆仑山号称万山之祖，并以高大宏伟而闻名天下。自古以来，那里就流传着许许多多美丽的传说和神奇的故事。同时，其连绵的岩溶地貌，成群的野生动物等等，都强烈地吸引着无数科学家。

为了揭开昆仑山神秘的面纱，我国科学家们冒着生命危险，多次进入山谷中，涉过险滩，翻过峻岭，并且在面对险情时，能够做到处变不惊，临危不乱，最后终于战胜困难，成功搜集到了宝贵的科考资料，真是令人肃然起敬。青藏高原充满神奇的魅力，青藏高原科学考察作为我国一项重大科研项目，还将继续深入进行下去。相信，会有越来越多的科学爱好者投身到这项伟大的事业中去，同时也为科学的发展奉献自己全部的心血。

野外科考中风浪和危险无处不在，但只要有足够的勇气和智慧，不管身处何种险境，都能抓住一线生机反败为胜。

鹰爪下拯救婴儿

安第斯山脉几乎贯穿了整个南美洲，这里是野生动物的乐园。2002 年 10 月，摄影师布朗接受了美国地理协会的委托来此拍摄白头秃鹰的照片。白头秃鹰是安第斯山特有的品种，居住在当地的印第安人称它为神鹰。白头秃鹰凶猛善战，但是和土著人相处得十分融洽。多年以来，两方都互不侵犯。可是近几年，由于白头大秃鹰被大家熟知，因此在当地黑市上卖价奇高。一些大胆的偷猎者便把目光投向了此地。人和鹰和平共处的和谐局面被打破了，于是人们的羊群、家畜就常常受到了鹰的攻击。

白头秃鹰的巢都筑在高高的山崖上，尤其是在峡谷东南部的一段山岭上。布朗为了更进一步地了解秃鹰，冒着生命危险来到这附近。这天一大早，布朗和他找来的向导奥雷多准备出发。出发前，酋长送给他们一人一个头盔，说这可以躲避秃鹰的袭击。

奥雷多是附近的牧民，也是这片地方有名的万事通。在他们经过一片草地的时候，奥雷多指着玩耍的两个孩子说："他们都是我的孩子，大的六岁，小的还不到一岁，我的妻子就在附近放羊。"

就在奥雷多和布朗说话的时候，有两只秃鹰悄悄地飞了过来。等他们发现的时候，一只秃鹰已经朝地面扑过来，强有力的爪子一把抓住了正爬在草地上玩耍的幼儿的衣服。奥雷多和布朗看到这一幕，都惊呆了！但马上他们都反应过来了，然后飞快地向那个方向奔去。然而，白头秃鹰一转身，已经提着孩子飞起来了。

奥雷多赶忙举起步枪朝空中放了几枪，他不敢瞄准秃鹰，怕伤了孩子。而且当地人视秃鹰为圣物，如果杀了它也是会受到众人谴责的。开始时，他们还能听到孩子的哭声,但是随着秃鹰越飞越高,渐渐地连孩子的哭声也听不到了。两只秃鹰消失在远方。焦急的奥雷多急忙让妻子去找村里人,然后他便和布朗一起朝山崖上秃鹰的巢穴出发。

两人很快就来到了山崖下,奥雷多立即开始攀爬,布朗带着摄影机紧随其后。他们爬山非常顺利,快到山顶的时候,一阵孩子的哭声从洞口传出来。孩子仍然活着,两人算是稍微松了一口气。奥雷多慢慢地靠近那个洞口,眼看他马上就爬进洞口里了,一只秃鹰飞了过来。奥雷多一阵惊慌,秃鹰对他展开了疯狂的攻势。幸好有头盔抵挡,只听见一阵"当、当"的声音。紧接着,秃鹰又开始啄他的肩膀和胳膊,鲜血马上顺着胳膊滴落下去。他忍着疼痛对布朗说:"快把我推进去。"

布朗知道他急于救孩子,但是他如果真把他推进去了,一定是凶多吉少。布朗刚要开始说话,秃鹰又啄在了奥雷多的手臂上,它那尖尖的带着钩子的嘴巴扎得很深,奥雷多惨叫一声滚了下去。接着秃鹰又朝布朗袭来,不一会儿,他也落下悬崖。

好在下面都是松软湿润的草地,他们并无大碍。奥雷多一边呻吟着,一边喊着孩子。以布朗对秃鹰的了解,他说道:"估计这对秃鹰也是刚刚失去了孩子,因此向人类报复。于是它们才会抢人类的小孩作为替代。这样看来,孩子暂时不会有危险的。我们再想其他办法吧,不能再冒然行事了。"

奥雷多愿意听布朗的话,因为他也没有别的好办法了。何况他现在身上受了伤,没有力气再去攀爬了。正在这个时候,他的妻子领着一大帮人赶来了。他们有的带着枪,有的拿着弓箭,有的拿着绳索。大家议论纷纷,但是都没有商量出一个两全齐美的方法来。后来,有人提议,还是先把两只秃鹰引出洞再说,这样能暂时保证孩子的安全。

接着,大家就行动起来。几个印第安小伙爬上了山崖,他们试图爬进洞里去,但是遭到秃鹰的阻挠,都受了伤。于是他们只好朝天放枪,想要吓走秃鹰,但是秃鹰们一点也不畏惧,死死地守在洞口不肯离开半步。

人们和秃鹰就这样从早上一直僵持到下午。后来,酋长带着几个人赶来了。酋长拿出一个盒子,说有希望了。他打开盒子,大伙看到的是两只嗷嗷待哺的雏鹰。原来是印第安人抓住了偷猎者,扭送到了酋长那里。酋长看到这两只雏鹰后,连忙带着它们赶来。

可是怎么把雏鹰送回巢穴了?直接送肯定不行。布朗建议大家找块高地把雏鹰放上去。酋长还派人上去告诉守在洞口的人,暂时先退到隐蔽的地方,不要让秃鹰发现了他们,等待秃鹰离开后,再前去救人。

大家就把这两只雏鹰放在了高处,酋长盼咐大家散开。雏鹰不停地叫着,由于秃鹰的视力和听力非常灵敏,它们很快便发现了两只雏鹰,接着以箭一般的速度冲过去。隐藏在洞旁边的人立即进到洞里,抱出小孩递给旁边接应的人。山下的人看到这一幕,发出一阵阵欢呼声。两只秃鹰也带着雏鹰飞到巢里。

经过检查,孩子基本没有受到伤害。奥雷多把孩子紧紧搂在怀里,眼里流出喜悦的泪花。

没有无缘无故的爱,也没有无缘无故的恨,对于任何生物都是如此,可怜的幼童被秃鹰抓走了,怎么回事呢?原来,秃鹰的孩子遭到了人类的偷窃,愤怒的秃鹰父母将怨恨发泄到了人类的孩子身上。

孩子的父亲奥雷多奋不顾身,攀登上高峰,要鹰巢中救子。爱子之心,万物皆有。不要将动物看成是毫无人性的畜生,亲情出于天性,它们同样有血有肉,有着对自己孩子的关爱。两只秃鹰坚守在巢穴旁,多次对爬上来的奥雷多进行攻击。但是他们对巢穴中的婴儿却没有进行丝毫侵扰。

解铃还须系铃人,在无法保证孩子安全的情况下,他们这样的举动只会激怒秃鹰,因此,奥雷多和布朗不敢再轻举妄动。恰在此时,首长抓到捕猎人,找到了秃鹰丢失的两只雏鹰。布朗立刻建议找块高地把雏鹰放上去,归还给它们的父母,也许这样可以吸引两只秃鹰的注意力,趁机救回婴儿。正是布朗对秃鹰的了解才让他做出正确的判断,以雏鹰换婴儿。果真,在顺利地将雏鹰还给秃鹰后,婴儿也获救了。

亲情,永远是最深厚的感情,不论是人类还是动物。任何伤害到这种感情的行为,不但会受到道德上的谴责,还会遭到无情的报复。

横跨阿拉伯大沙漠

阿拉伯大沙漠位于阿拉伯半岛的南部,面积有 65 万平方千米,几乎占了阿拉伯半岛南部约一半的地方。它是世界上最神秘的沙漠,那里气候干燥,夏季酷热,日夜温差极大,环境异常恶劣。但对探险家来说,它无疑是颇具魅力并值得挑战的地方。不过,由于当地的居民对基督教徒怀有相当大的敌意,再加上自然条件过于恶劣,因此,直到 20 世纪初以前,外来的探险者还无人敢通过此地。此外,闻名于阿拉伯地区的英国人劳伦斯也曾断言过:除非借助飞机,否则人是没有办法横越大沙漠的。

英国人贝特兰姆·汤姆斯和圣·约翰·菲利普是英国政府驻中东的高级官员,他俩都热爱探险,所以几乎同时计划横越阿拉伯大沙漠。这是一项大胆的探险行动,没有人认为会成功。

1930 年 12 月 10 日,汤姆斯率领他的 40 名探险队员先行出发。他们准备由南向北开始探险,起点是索法尔,之后一路向北,跨越索法尔背后的山脉,接着向西走过沙漠及周围广阔而又荒凉的地带,再向北前进,直接横越沙漠到达波斯湾,然后沿波斯湾到达塔尔半岛。整段路程长达 1120 千米。

汤姆斯等人准备好物资,骑着大批的骆驼上路了。与此同时,菲利普想从北至南向大沙漠挑战。但是,沙特阿拉伯政府拒绝了他横越大沙漠的申请,所以他不得不推迟自己的探险计划。

他们经过了《圣经》中所说的所罗门金银宝石产地乌巴尔,又穿过了草原地带。一月上旬,探险队开始横越令人难以忍受的流沙地带。有时骄阳似火,脚下的沙子似乎都是滚烫的;有时劲风扬起漫天黄沙,遮天蔽日,但汤姆斯和他的队员们却默默地忍受着。然而,残酷的环境依旧夺去了很多人的生命。当探险队抵达大沙漠的腹地——向那水塘时,仅剩下 13 名骑着骆驼的队员和五峰带着 25 天干粮的骆驼,损失非常惨重。

汤姆斯咬紧牙关,带着剩下的人马继续前进。18 天后,他们经历了 430 千米的长途跋涉,终于来到大沙漠的北端,这是距离波斯湾仅 130 千米的地方。胜利就在眼前,汤姆斯和队员们的脸上这才有了一丝欣慰。

1931 年 2 月 5 日,筋疲力尽的探险队员们看到了开阔平坦的波斯湾海面。半小时以后,他们进入了多哈的城塞,至此,横越大沙漠的计划宣告完成。

"我们成功了!成功了!"队员们兴奋地呼喊着。人们不禁为他们的情绪所感染,这些勇敢的人用行动打破了劳伦斯所编织的"禁区"观点,首次征服了阿拉伯大沙漠。

菲利普等了整整一年,才得到了当地政府的批准。当他准备好行装,即将出发时,却传来了汤姆斯成功的消息。菲利普沮丧极了,他已经失去了成为第一位横越大沙漠的机会了。不过,他并没有灰心,他要取得更多的成就,向真正的沙漠挑战。

菲利普非常清楚自己的优势条件,他的行动是由沙特政府援助的,而汤姆斯却是自筹经费进行探险的。

1931 年 1 月 7 日,菲利普带领队伍出发,开始了艰苦的沙漠探险旅程。他们进入沙漠,走了将近一半的路程后发现了汤姆斯的探险路线。然后,菲利普等人抵达向那水塘,他们决定由此通过大沙漠,到西边去完成向西的探险。

然而,菲利普的探险过程并不顺利。当他们从向那水塘前进到 160 千米的地方时,骆驼因无法忍受酷热而疲惫不堪。此时,无论走向哪个水塘都是等距离的。由于探险行动无法继续,他们只好再度返回向那水塘。

菲利普并未就此罢休。3 月上旬,他又带着少数几个探险队员在奈法准备第二次向西边探险。这次的探险行程更加艰苦,因为水塘之间的距离较远,起码在 600 千米以上。他们用了六天才走完这段路,而在这六天里,其中有三天是在酷热下行走,人和动物实在吃不消。

菲利普事后回忆起这段经历时，常常感慨道："外行人不能轻易地去尝试横越大沙漠。"的确，行走在广阔的阿拉伯大沙漠上，放眼望去，到处都是茫茫无垠、上下起伏的沙丘，令人觉得如同置身于地狱般难受。毒辣辣阳光照在沙子上，就像一个打翻的大火炉，远非一般人所能忍受的。

菲利普的探险队胜利完成了探险任务，并拍下许多沙漠照片。他们将这些珍贵的资料提供给了伦敦国立地理学会。由于汤姆斯和菲利普的探险活动，使人们对长期与世隔绝的阿拉伯大沙漠有了初步的了解，阿拉伯沙漠真面目逐渐被人们所认识。同时，汤姆斯与菲利普的探险还为1942年美国政府在沙特阿拉伯国王协助下调查沙漠天然资源打下了基础。

后来，由于在阿拉伯一带发现了珍贵的石油资源，使阿拉伯人意外地变成了大富翁，彻底改变了阿拉伯人的生活。毫无疑问，对于这场财富的到来汤姆斯和菲利普有着不可忽视的功劳。

探险，既是人类对未知的挑战，也是人类对自身的挑战。汤姆斯和菲利普都是热爱探险的人，他们执着于梦想，为了自己所崇拜的事业，不顾艰难险阻，最后终于如愿以偿，踏上了探险之路。

汤姆斯先一步出发，经历重重磨难，成为首次征服阿拉伯大沙漠的英雄。菲利普尽管落后一步，但他并没有因此而灰心，依旧坚持自己的计划，和同伴们一起挺进沙漠。他利用自己的优势条件，为人类打开了一扇紧闭的门窗，让大家知道了阿拉伯沙漠的许多秘密，这样的贡献丝毫不逊于汤姆斯。

探险的道路并不平坦，其间有失败的悲壮，但也有成功的欣喜。总而言之，它使人活得更有意义，更能证明生命的价值。

不要被外界影响到自己的情绪，走自己的路，让别人说去吧。

闯进无头尸峡谷

1972年5月，加拿大报刊上出现了这样一条轰动性的报道内容："爱德蒙顿市来了八名英国人——芬纳斯家族，其中四名是爱丁堡兵团的士兵，三名是不列颠电视台的摄影师。他们将乘坐两条橡皮船，沿着纳尔逊河和利亚德河到达南纳尼，逆流而上直至著名的弗吉尼亚瀑布，然后沿原路返回到出发点，从那儿沿着不列颠哥伦比亚省的河流，经温哥华地区进入太平洋。全程需要1800多千米。他们计划用一个月时间完成头250千米。如果考虑到途中要经过著名的无头尸峡谷的话，那么，你就不会奇怪他们用一个月时间来完成这段航程了。这是一件很困难的事情。雷诺尔弗·芬纳斯先生家族徽上的左右铭是：寄希望于勇敢之中。它用在这里是再合适不过了。"

在这次行动中，有96家商行为他们探险队提供必须的设备和行装。此外，为了这次行动，雷诺尔斯·芬纳斯上尉花了很长的时间来精心挑选人员，以适应在加拿大几个省内的急流和深峡谷里的航行。

从利亚德河流入南纳沙尼河的入口处，探险队开始出发了。每条船上坐四个人，五米长的橡皮船在初航中表现良好。领航的第一条船上坐的是摄影师布林·坎贝尔等人，当他们的船驶到河流的急转弯处时，突然，顺水而来的木头堵塞了河道。危急之中，旁边的人迅速反应过来，冲布林大喊一声："倒划！"。坐在马达旁边的克里比特是一位经验丰富的技师，立刻猛踩机动器。然而，在几秒之内，出现了更可怕的事情，马达没有立即动起来，水流却把他们冲向了高高耸起的圆木堆前，眼看就要撞了上去……船上的每个人心都提到了嗓子眼，全都认为船就要翻了，他们很可能会被卷到乱七八糟的圆木底下。

这时意想不到的事情发生了,马达突然响了起来,克里比特奇迹般地把它给发动起来了,而且立即达到了全速,水浪往后退去,弯弯曲曲的树枝从他们头顶急速晃过,大家稍稍松了一口气,心里正暗自庆幸时,忽然发现布林不在船上了。他去哪里了呢?天哪!一根粗壮的树枝钩住了布林皮衣的领子,他正悬在半空中呢,半截身子还浸在水里,水流肯定会把他吸到木头下面!布林想用双手抓住树枝,把身子往上拔,但树枝像弹簧似的上下颤悠,一点作用也没有。船上的人只好从侧面划过去,这才把布林拉上了橡皮船。

在沿着纳尔逊堡河和利亚德河航行了四天以后,他们来到南纳沙尼河的热带峡谷,这里水流湍急,到处都是浅滩和突起的礁石,他们把这一段水路称之为第一迷宫。从这里开始,他们正在向弗吉尼亚瀑布迈进。

出了第一迷宫,他们经过汹涌的热泉,来到一个叫恶魔旋涡的地方。河中旋涡飞转,沿岸是深深的峡谷,崖边的松树几乎成直角悬在空中。大家都把注

意力集中在河上。激浪向峡谷石壁压过去,又推了回来,撞击着船舷。马达开足了马力,声音震耳欲聋,但小船还是十分吃力地向前推进。

驶出峡谷,他们发现了一块不大的倾斜的岬形地,在那儿过了一夜。然而,他们意外地拾到一件东西:岸上有一块锥形的石头,里面有一个藏着字条的瓶子。原来一年前,一批美国人到过这儿,但是他们的快艇撞上了礁石。令人疑惑的是,字条上没有提到全体成员的情况。这不得不令每个人想起关于无头尸峡谷的种种传说,大家陷入一阵沉默。

1905 年,威廉和弗兰克·马兄弟二人,与一名决定把自己的铺子换成寻金者的淘金盘的青年人,沿着南纳沙尼河一同前往勘察。三年以后,一位猎人偶然发现了他们的尸骨,三具尸骨都没有头颅。1921 年山谷吞噬了约翰·奥布莱恩。一年之后,厄运又轮到了安格斯·霍尔。1932 年夏天,发现了菲斯·鲍尔斯的无头尸体……

这远远不是加拿大无头尸峡谷死者的全部名单,无需多说,没有一个英国探险队员原意让自己的名字出现在这份名单上。

尽管如此,没有什么可以阻挡探险队员探索的勇气,他们还是义无反顾地向前行进了,因为探险队的目的是到达瀑布所在地。然而,第二迷宫和两个深峡谷拦住了去路。顺水漂流的圆木如鱼雷似的迎面飞驰而来,一旦相撞,十有八九会船翻人亡。可是这时候,弗吉尼亚瀑布的水声越来越响,吸引着船上的每一个人。当行驶了250 千米时,展现在眼前的景象让船上的人一震,一条奔腾直泻的瀑布展现在所有人的面前,飞溅的水花,汹涌磅礴的气势,使在场的每一个人无不感叹大自然的鬼斧神工。在弗吉尼亚瀑布旁边住了两天,探险队员们为博物馆采集了标本,摄影师从各个角度对瀑布进行了拍照之后,小船就沿着熟悉的航道顺流而返了。

然而,就在凯奇卡河流入湖泊的地方,它们又遇到了新的障碍,一根圆木撞坏了一条橡皮船的部件。还好,他们很快就解决了问题,并开始向整个航程的又一个高峰靠近,即弗吉尼亚河上的"地狱之门"瀑布。"地狱之门"瀑布的旋涡十分可怕,它们可以把人卷入涡底,而后又高高地抛起。轰隆隆的击水声和越来越强的水势,使所有人都流露出胆怯的神情，但是他们还是通过种种艰难险阻到达了"地狱之门"，到达了这次探险的又一个目的地，勇敢地完成了这次探险任务。

无头峡谷的传说让人震惊，没有一个探险家愿意成为一具无头尸体，这个神秘的峡谷多年来充满神秘，没人看到它的全貌。

探险队的每个人都了解关于无头尸峡谷的种种传说，但是没有一个人因此而退缩，而是选择勇敢的向前行进。一路上的重重危险没有让他们退缩，反而激发了他们的斗志。

无头峡谷真的如此可怕吗？探险队用行动做了解答，这里有着美轮美奂的景色，鬼斧神工的自然景观……探险队获得了巨大的收获，也向世人展现了峡谷的全貌，原来，峡谷背后所隐藏的，竟然是一处世外桃源！

不要被流言蜚语迷惑自己的身心，只有设身处地地探究一番，才会找到事情的真相。

寻找白尼罗河的源头

1862 年 12 月,英国探险家塞缪尔·怀特·贝尔夫妇前往非洲探险,只为揭开白尼罗河源头之谜。

尼罗河是世界第一大长河,尼罗河是由上游的青尼罗河和白尼罗河在苏丹首都喀土穆汇合后的正式称谓。寻找青尼罗河与白尼罗河的源头是探险家们最为着迷的探险活动之一。而青尼罗河的源头早已被揭开,那么剩下的白尼罗河的源头就成了各国探险家最热衷的话题。

1855 年的时候,英国探险家斯比克和格兰特就跃跃欲试,并用了两三年的时间进行探险。他们把维多利亚湖误当成了白尼罗河的源头。

而这次贝尔夫妇的非洲探险正是要彻底揭开白尼罗河源头之谜。他们经过一番精心的准备工作,然后率领探险队从开罗起航。这支探险队有两只帆船,装着四匹骆驼、四匹马和 21 头驴。他们一直沿着白尼罗河上游航行,穿过苏丹,朝着南方内陆前进。在一番艰难的跋涉之后,探险队终于在 1863 年 2 月到达苏丹的贡都柯卢。

那时的贡都柯卢到处都是野蛮无知的奴隶贩子,奴隶贩子经常在酒后用机枪胡乱扫射,可怜的奴隶们就这样倒在血泊里。许多次,奴隶贩子的子弹都飞到了贝尔夫妇和队员们的脚下,对此情景贝尔忍无可忍,但是在妻子的劝解下,他忍了下来,避免不必要的牺牲。

然而,在贡都柯卢的这段日子里,他们意外地遇见了探险家斯比克和格兰特。此时的斯比克和格兰特已经由于饥饿瘦得只剩下骨头了。他们见到了贝尔夫妇十分激动，详细地讲述了他们艰难的探险过程，并向贝尔夫妇提供了地图等相关资料。而对于他们探险的维多利亚湖就是白尼罗河源头的结论，贝尔十分怀疑。于是他决定要继续前行，弄清楚白尼罗河真正的源头。贝尔的决定得到了斯比克和格兰特的大力支持。

就这样，贝尔夫妇的探险队按照原计划航行。他们的探险队来到了世界上最大的沼泽地——萨特。在沼泽地中前进，艰难程度是无法想象的。探险队员们每个人的肩上都背着重重的行李包，还要赶着骆驼、马和驴子，在茫茫无际的沼泽地里缓慢行走。他们随时都面临被困在沼泽地里无法走出的危险，并且毒蚊子还不断地叮咬他们，探险队员只好将所有的衣物都裹在身上，而骆驼这些牲畜却被毒蚊子叮咬得全身是血。几个月之后，探险队才从沼泽地里走了出来。

这一路上探险队员们已经耗尽了精力，但他们依旧坚持前进。在经过多日的艰难跋涉之后，他们终于到达维多利亚湖，也就是斯比克和格兰特之前发现的白尼罗河的源头。但为了找到真正的白尼罗河源头，贝尔夫妇继续向前寻找。

这次贝尔夫妇和队员们改乘小船从维多利亚湖四周的河道中穿行。由于河道狭窄而难行，小船遇到河中的河马，险些葬身河底。后来贝尔夫人又因中暑而晕倒，并且昏迷了整整一个星期。看着滴水未进的妻子，贝尔内心痛苦极了，他忍着泪水为妻子挖了一个墓坑。然而奇迹发生了，昏迷一星期的贝尔夫人竟然醒了过来。之后，她又坚强地和丈夫继续探险。

1864 年 3 月 14 日，探险队在尼罗河上游发现了一个广阔巨大的湖泊，他们在一座山峰上俯瞰湖泊，激动地说不出话来。湖泊清澈见底，在微风中轻轻地荡漾着，阵阵涟漪在阳光下泛着点点亮光。队员们疯狂地奔向湖泊。

关于这个伟大的探险发现，贝尔曾在自己的日记里这样写到："在远远的山下呈现出一大片水面，像一个装满水银的海在中午的阳光下闪闪发光。在此之前，还没有一个欧洲人把足迹留在这里，也没有任何白人的眼睛看见过这么大面积的水面,我们是最先解开这个千古之谜的人。"

这是一个伟大的探险发现。为了纪念维多利亚女王的丈夫艾伯特,贝尔将此湖命名为"艾伯特湖",也就是真正的白尼罗河源头。从此,白尼罗河源头之谜被解开了。

探险白尼罗河源头是各国探险家最跃跃欲试和最感兴趣的探险之一。在继斯比克和格兰特之后,贝尔夫妇决心揭开它的真正面目。

当探险队在苏丹的贡都柯卢遇上疯狂的奴隶贩子时,差点被乱枪射死,贝尔也火冒三丈,在妻子的劝慰下,他忍耐下来。试想,如果贝尔一时冲动而与野蛮无知的奴隶贩子展开了斗争,势必是会造成无谓的牺牲。在关键时刻能克制自己的愤怒之情,这是贝尔最理智的表现。正是这种理智让他们避免了不必要的牺牲。最后还意外地遇到了斯比克和格兰特两位探险家,并得到了有价值的资料和信息。

当贝尔的探险队在到达维多利亚湖之后,他们在前行的过程中又遇到了最大的沼泽地。面对随时都有可能死在茫茫无际的沼泽地的危险和疾病的侵扰,贝尔夫妇和队员们历尽艰难,最终战胜困难走出了沼泽地。

但是,探险的道路是艰难曲折的。毒蚊、沼泽和疾病陆续降临到考察队中,可即使这样,贝尔夫妇也没有放弃,在经历了如此之多的痛苦之后,贝尔的探险队终于找到了真正的白尼罗河源头——艾伯特湖,解开了一个千古之谜。

困难并不可怕,可怕的是丧失了继续坚持下去的勇气,没有毫无缘由的失败,也没有一帆风顺的成功。只有经历过挫折苦难,才能欣赏到成功的巨大喜悦。

悟道 不经一番寒彻骨,怎得梅花扑鼻香。只有经过寒风呼啸和淬炼过的梅花,才能散发出幽香的芬芳。

卡蒂尔的两次北美探险

1543 年 2 月 20 日,法国著名的航海探险家卡蒂尔率领探险队开始了北美探险之路。卡蒂尔的探险队由两艘船和 61 个队员组成,他们从圣马洛港口出发,踏上探险之旅。在卡蒂尔之前,也有航海探险家做过努力,但事实证明是徒劳无功的。卡蒂尔的北美探险队是受到法国海军司令的委托和资助,对北美洲大陆进行探险的。卡蒂尔原本是法国圣马洛港口的一名水手,由于他富有冒险和牺牲精神,再加之长期的水手工作让他对探险产生了浓厚的兴趣,因此他踏上了北美探险之路。

卡蒂尔率领的北美探险船队出发了。20 天以后,探险队越过了大西洋和北冰洋,到达了北美纽芬兰岛的东部海岸。可是就在这时,探险队无法继续前行了,因为巨大的冰层导致船只无法上岸,于是,他们只好沿着冰层继续慢慢地向西航行。在这向西航行的过程中,卡蒂尔和同伴们穿越了"贝尔岛海峡",对其进行了详细的考察。

贝尔岛海峡,又称"美丽之岛",但此岛荒无人烟,没有一点美丽的迹象。当卡蒂尔离开贝尔岛海峡之后,又驶进了一个巨大的海湾,这个巨大的海湾是标准的正方形,长宽各为 400 千米左右,被绵延不断的陆地包裹着。这天正好是 8 月 10 日,也就是在公元 258 年的 8 月 10 日的这天,基督教徒圣劳伦斯被罗马帝国处死,然而卡蒂尔自己也是一个基督教徒,于是为了纪念圣劳伦斯,他便将此海湾命名为"圣劳伦斯海湾"。

越过圣劳伦斯海湾之后,他们继续向西南方向航行,并经过了一个桥列尔湾。

中国青少年智慧阅读书系

在这里,卡蒂尔与贫穷的印第安人首次进行了贸易。近乎于与世隔绝的印第安人惊讶地看着欧洲"洋货",而卡蒂尔从他们手里换得了探险队所需的食物和一些用品。然后,卡蒂尔和船队继续向北航行,他们相继发现了加佩斯海湾、圣彼得罗海峡等,并对这些地方进行了详尽细致的考察。可是,随着水流越来越湍急,船队无法行进。卡蒂尔只能选择结束首次北美探险。

当然,勇敢的卡蒂尔对自己的返回而没有迎着激流而上心怀悔意。所以,他一直都期待第二次北美探险。

1535 年 5 月,卡蒂尔终于等来了机会。这次北美探险,卡蒂尔是受到了法国国王的委托而进行。卡蒂尔率领了由三艘船、110 个队员组成的探险队,依旧从圣马洛港口出发。这一路上,卡蒂尔带领队员们克服艰难险阻,经过贝尔岛海峡、圣劳伦斯海湾、圣彼得海峡,一直向西航行。然而,这支探险队并没有驶入太平洋,而是进入了一条滔滔不绝的大河。这条大河惊涛阵阵,在两旁茂盛的森林中,一直向东北方向奔流这一巨大的探险发现令卡蒂尔欣喜若狂,他把这条大河命名为"圣劳伦斯河"。

可是圣劳伦斯又流向哪里呢?它的源头又在哪里呢?在圣劳伦斯河的两岸到底有没有印第安所说的"黄金宝地"呢?卡蒂尔决定继续前行探个究竟。

不久之后,探险队就被困在一个又陡又窄的河道中。于是,卡蒂尔就将大船留在这里,自己则带上 30 多个探险队员向西南方向航行。航行过程中饥饿、严寒侵袭着他们,航行在十分艰难的情况下进行。最后,他们终于看到了一个大瀑布,这个大瀑布就位于渥太华河和圣劳伦斯河的交汇处。据当地的印第安人说,圣劳伦斯河是从西南方流来的,那儿有广阔的湖区,但是如果继续往上游,就会遇到瀑布和险滩。当时正值隆冬之际,卡蒂尔再三思考之后,决定留下来度过寒冬,因为若继续航行后果将不堪设想。

1536 年 5 月,卡蒂尔带着探险队回到了法国,此次探险初步为人类解开了圣劳伦斯河的神秘面纱。

卡蒂尔原本是圣马洛港的一名水手，但因他富有冒险精神，而成为受海军司令委托以及后来法国国王委托的航海探险家。如此的身份转变，是他勇于冒险和牺牲、不惧怕艰险的精神造就的。

卡蒂尔在第一次北美探险过程中，遭遇层层艰难，经过深思熟虑后，他选择了返航。而当他们越过圣波得罗海峡之后，在向前航行时却遇上了一泻千里的水流，湍急的水流使得探险队无法继续航行，如坚持前进，探险队会面临生死存亡的危险。怎么办呢？卡蒂尔再三思量后，决定返航。尽管他一直后悔自己的返航，但是这也是最明智的选择。一个勇敢的航海探险家更应该知道返航比前进更需要勇气和智慧。随后在卡蒂尔第二次北美探险中，鉴于第一次的经验，他们的探险队顺利地完成了任务，寻找到了圣劳伦斯河的源头，初步为人类揭开了圣劳伦斯河的真面目。

有时候，浅尝辄止并非因为胆怯，而是为了下次成功做好铺垫。盲目的冲动很可能让自己损失巨大，何不停下来总结一番呢？

 做事，不可太过急功近利，一味地前进很可能让自己身陷困境，无法自拔。这个时候可以试着退一步，或许就会柳暗花明。

穿越罗布泊

神秘的罗布泊，一直以来吸引着许多科学家和探险家，为了揭开它的真实面目，他们几经生死，多次进入这个无人地带进行考察、探索。

1980年5月的一天，在著名科学家彭加木的带领下，一支综合考察队从乌鲁木齐出发，进入新疆罗布泊进行科学考察。

出发前，考察队从新疆军区马兰基地准备了所有的东西，其中包括军队专用的午餐肉罐头、酸辣芡白罐头、榨菜、大米、挂面、面粉等等。同时，马兰基地还为考察队配备了一部电台。另外，考察队准备了三辆车，一辆212五座吉普车，主要乘坐彭加木等科考人员；一辆八座212吉普车，载人和电台设备等；剩下一辆是嘎斯63，装运水和汽油罐等。

这支考察队伍当中，有研究植物的沈冠冕、研究动物的谷景和、研究水文地质的王文先和研究化学的马仁文、闫红建，以及司机陈百录、陈大化和王万轩等后勤人员。但是除了彭加木到过罗布泊的西北岸外，没有一个人对罗布泊熟悉，但他们仍然开始了由北向西南穿越罗布泊湖盆的行动。

车子向湖盆里开进了，最初还算顺利。然而，走着走着，突然"咕咚"一声，他们的车掉了下去，一阵黄色的尘土像烟雾一样，无声地腾空而起，接着像水一样漫过车身。没办法，司机只好把车倒出来，换了一个地方，再从"盆沿儿"向盆里开，又一次被黄色的尘土淹没……

原来，这种地质表面上看起来像戈壁一样十分坚硬，实际上却是虚的，车子一驶上去立即就陷进去了，他们就这样不停地找地方下湖盆，但是折腾到天黑，也没有下得湖去。晚上,大家只好在湖边宿营,然后再想办法,打算第二天找一条河水的入湖口试试。

第二天天一亮,队员们就开始分头寻找入湖的河道。最后,借着一条干河道,他们才把"假戈壁"甩在了后面。但是突然间,四周就发生了巨大的变化,刚才还在眼前的山脉全都隐去了,天地紧紧地连在一起,一切可以做参照物的东西都消失得无影无踪,人就像坐在一口井里。这时,坐在副驾驶位置上的彭加木有些紧张,驾驶员手里握着方向盘,不断地修正方向,两辆汽车蛇形着前进。大家都认为,只要向南,不停地向南,就能穿越湖盆。然而,汽车蠕动了整整一天,才前进了40千米。

又过了一天,考察队开始遇到高低不平的盐壳。一开始,汽车还能前行,可是到了下午盐壳越来越高,大家吃惊地发现他们被盐壳包围了! 大地像被犁铧深耕过一样,一浪一浪地翻翘着,望不到边际。汽车像发疯了一样疯狂地摇摆着,轮胎被坚硬的盐壳一块一块地削了下来,前进是不可能了,队伍只好停了下来,然后分成三组,分别向南、东、西三个方向探察盐壳的范围。

为了避免迷失方向,彭加木想了个主意。他将红布条撕成条,绑在红柳枝上,每走100米,就插上一根。两小时候后,大家回来了,可是谁也没发现盐壳的边际。

这时候,太阳渐渐升起来,气温越来越高,"啪""啪",突然之间,盐壳全部炸裂了。中午,气温上升到了50℃,炸裂声像是放鞭炮一样"噼里啪啦"响成一片。汽车已经动不了了,人只好在汽车的阴凉下趴着,望着太阳。最后经过考察队研究决定,派陈百录从乌鲁木齐带来几个八磅锤子,并找来一张军事地图,按照地图上的标记,用锤子砸出了一条路来,沿着罗布泊的西南前行。终于,考察队从塔里木河古道走了出来。

穿越湖盆行动成功之后,彭加木有了新的想法,他想到罗布泊的东南去考察,然后从东北方向绕到"720"基地返回。这次的路线有900千米,比穿湖还要长,又是从来没有走过的路线,可以说这是一次冒险行动。也就是在这次行动中,彭加木献出了宝贵的生命。

这次行动之前,他们参考了一张苏联的地图,上面标着在库木库的位置有一眼泉井叫沙井子,因此,考察队在临行之前,只带了几天的水。可是当他们经过七天的千辛万苦到达库木库以后,发现在这里根本找不到沙井子,而带着的水只剩下了一半。于是,考察队员们开着车,分头寻找沙井子。

6月17日早晨,一夜没合眼的彭加木又离开营地考察去了,可是直到下午三点也没有回来,罗布泊的地表温度烫得逼人,大家都觉得不对劲,开始四处寻找,先是开着车顺着脚印找,但是天太热了,又刮着"抽屁股风"(顺风,不利于汽车散热),后来干脆弃车步行找,一直找到天黑,也没有发现他。

可是,从这以后,谁也没有找到彭加木,他就这样消失在茫茫的大沙漠戈壁滩中!

考察队被围困在盐壳里,失去了参照物,找不到方向时,包括彭加木在内的考察队员们都有些慌张,但是他们很快镇静下来,因为他们明白,想办法走出盐壳是唯一的出路。最后,他们硬是凭着毅力和智慧,成功走出罗布泊。

在没有参照物的情况下,为了避免迷失方向,彭加木想出一个简单可行的办法,即每前行100米,就插上一根上面绑着红布条的棍子做标志,这样即使队员走得再远也不至于迷路而无法返回。最后,他们正是通过这种聪明的方法,成功走出盐壳。

尽管彭加木消失在茫茫戈壁中,但他的精神与智慧依旧长存。

失败者并不可悲,尤其作为一个拼尽全力的失败者,结果已经不重要,因为拼搏的过程已经值得我们尊敬。

地穴探险

胡奥它拉地穴是西半球最深的地穴。

1988 年,一支探险队在尼塔南塔的一个入口处,精确地探测出了地下河是从一个泉眼里涌出来的,这个泉眼位于入口处 1655 千米的地方。如果比尔负责的这支探险队,能够勘测理清地下河的流经路线,将两个出口连接起来,那就可以证实地理学家的推测:胡奥它拉地穴是世界上最深的地穴。

为了这次勘测考察,比尔的探险队精心准备了十年。他们的探险目标十分艰巨:穿越地下河道,深入深邃、神秘的胡奥它拉高原的地下核心部分。

地下河在胡奥它拉高原内部纵横交错,蜿蜒长达数千米。按照比尔探险队的计划,如果越过了地下河道,探险队将顺着地下河流,穿过高原的核心地带,一直抵达位于圣多明哥峡谷的地下河出口。但是,17 年来,许多探险队在这个地下河道屡屡受阻,无法进入内部。

比尔的探险队刚到这里不久,就遭遇意外,队员艾恩突然死去,这令探险计划险些破产。为此探险队在圣奥古斯汀小镇开了一次队会,其中五个人退出探险队,两个人不愿意参与未知河道的探险,最后比尔决定和女友芭芭拉去完成探险任务,队友尼欧在三号营地守候。为了纪念艾恩,探险队以他的姓,把他们发现的新洞穴命名为罗德兰洞穴。

一周以后,比尔和芭芭拉从三号营地出发了。除了传动器和必要的设备外,他们准备了七天的食物:麦片、速食土豆、冻牛肉干,这些全部被磨成细腻的粉末,压进塑料瓶中密封。饮用水则是用碘酒处理过的洞穴水。

芭芭拉率先潜入水中,比尔跟着下去,拖着沉重的传动器。在悬浮着大量矿物质的水中,比尔头盔顶灯变得朦朦胧胧。游了将近 35 分钟,比尔在一片沙岸上追上芭芭拉。这里是罗兰德小洞穴,他们已经浮出了水面。

第二次下潜,比尔和芭芭拉游过了第二段河道。他们爬上沙岸,脱掉脚鳍,把潜水传动器拖上岸,他们开始在这里建立第六号营地。潜水传动器将留在这里,从现在起,他们不需要拖着这个沉重的探险设备了。

然而,这时候出现了一件意外的事情,芭芭拉在脱去头盔的时候把顶灯撞掉了,落在了岩石的缝隙之间。比尔赶忙用手电筒照去,只见顶灯在远处的水中漂浮着,根本够不着。于是,比尔开始钓顶灯。终于,在一个小时之后,比尔用绳索小心翼翼地把顶灯拖了回来。两个人这才松了一口气。

第二天清晨,比尔和芭芭拉沿着圣奥古斯汀河道上的一条倾斜的石灰岩裂缝,来到一处一方碧绿的小水潭前面,只见潭中的水向着洞穴的四个方向扩散而去。

“看起来情况不妙。”芭芭拉说。

比尔仔细察看了一圈,在黑暗中寻找出路。

“看样子我们必须潜泳。”比尔说。但是朝哪一个方向游呢? 第一个水流分支呈双环状,看样子是出不去。第二条也是个死“胡同”。第三个则朝着返回老河道的方向。西南方向的水流分支最长、最深,似乎有通路。比尔试着游了 27 米,脚居然碰到了地面。原来这里不是河道,而是另一个大洞穴的入口。比尔走上河岸,又行进了 90 米,洞穴在他面前豁然开朗。

“哦,终于出来啦!”比尔忍不住喊出来。回声在洞穴里回荡。芭芭拉也跟了上来。经过勘测他们才知道,自己进入了一个巨大的洞穴:这里位于地下 0.3 米的地方,洞宽达 182 米,拱形顶部在微弱的灯光根本看不清楚。他们称这里为“坚固大厅”。

经过“大厅”,比尔和芭芭拉又发现了三个狭长的地下湖泊。抵达最后一个湖泊,他们发现河道的顶部离水面很近,芭芭拉潜下去勘察,她的顶灯在水面下很快消失了。10 分钟过去了，20 分钟过去了。比尔正准备下去，芭芭拉浮出了水面。

"先听好消息，还是坏消息？"芭芭拉问比尔，"好消息！"比尔开心地说。
"好的！这条河道只有几米是低矮的地势，后面就高起来了。有一条大河从湖那边涌过来，它的长度大约是这条河的四倍。"

比尔又震惊又兴奋。这肯定是伊格来西亚地下河！1967 年的时候，地理学家就曾推测，伊格来西亚河在胡奥它拉高原内部某处，汇入了圣奥古斯汀河，形成了高原地下河主干河流。这次芭芭拉看到的就是两条河流的交汇点！

比尔和芭芭拉临时决定，先放下对圣奥古斯汀河下游的勘测，开始转向伊格来西亚河与圣奥古斯汀河交汇的地方，然后向伊格来西亚河上游追溯而去。

他们逆流而上，震耳欲聋的水声由远处传来，空气中有阵阵雾气袭来。蓦然间，一个高 12 米的瀑布呈现在他们面前。

"好大的瀑布啊！"比尔兴奋地喊道。

在瀑布下稍稍休息了片刻，他们继续寻找伊格来西亚河的情况。返回圣奥古斯汀河道的途中，比尔和芭芭拉还发现了一个新通道，寻找出口的过程中，他们又无意间闯入了一个巨大的充满潮湿的泥土味的大洞穴。溜下满是污泥的长坡，在洞穴底部，他们听到了细微的流水声。

循声望去，他们眼前出现了一个更加巨大的洞穴！地面上布满了大大小小的岩石块。河流从岩石脚下淌过，比尔发现石头河滩在黑暗中一层一层向高处堆积而去。

比尔和芭芭拉爬上岩石堆积的顶部，对面又是一条巨大深邃的通道，倾斜向下延伸。通道另一端漆黑一片，看不见底部。他们缓缓走下来，一面宽阔的湖面铺展在他们面前，至少有 130 米宽。比尔伸手探了探湖水，可以推断这条通道仍然在水下面延伸。

然而这时候，他们发现湖边的水纹痕迹显示，雨季将要来临，洞外的洪水将咆哮着涌入地下河，形成一个巨大的旋涡，吞噬这里的一切。于是，他们不得不返回六号营地。

在行动的第六天早晨,比尔和芭芭拉背负着潜水传动器,潜泳了一个小时,在三号营浮出水面。

"我们成功了!"比尔和芭芭拉开心地拥抱在一起,他们终于顺利回到三号营地。尼欧狂奔过来,和他们紧紧地拥抱在一起。

比尔和芭芭拉的勘测数据让所有的队员振奋:洞穴的最深点位于地下 4839 米!胡奥它拉地穴也由此从世界第 12 位跃居世界第五位。此外,他们还勘测出两英里多的河道,其中包括八段新河道,伊格来西亚地下河的一个未知部分,一个巨大的地下瀑布,胡奥塔拉地下河主河道、坚固大厅,还有一个巨大无比的洞穴。

比尔和芭芭拉是勇敢的,他们没有因为艾恩的死去而放弃探险计划,而是义无反顾地踏上了艰险的探险之路,最后他们凭着勇敢和智慧,终于顺利地完成了探险计划。

艾恩不幸死去,一些队员因此退出探险队,一些则不再愿意去未知河道探险,这让探险计划险些终止。但是比尔和女友芭芭拉没有因此而退缩,他们勇敢地担当起了完成探险活动的重任。地穴探险非常辛苦,而且经常要在黑暗的洞穴中摸索,甚至在洞穴中宿营休息,可是比尔和芭芭拉还是穿过了一个又一个的洞穴。他们不仅勇敢执著,在探险的过程中还表现出非凡的智慧。当他们在小水潭边发现潭水流向四个不同的方向,并没有盲目行动,而是仔细观察潭水的变化,最后通过水流变化,终于成功地找到了洞穴的出口。

通向成功的门有很多道,勇敢就是其中之一,只要你愿意去探索,成功的门就会为你敞开。

险擒食人鳄

在乌干达的维多利亚湖水域,有一条食人鳄鱼。它身长五六米,体重超过一吨,比一般的鳄鱼至少大上三倍左右。一位法国生物学家法耶跟踪研究了这条鳄鱼几年后,他最终确定,这是世界上最大的淡水鳄鱼。据说,在最近的十年里,这条鳄鱼已经吞噬了三百余人,当地人听到它的名字就像见到了魔鬼。

在这些年里,当地的人们也试图联合起来捕捉它,但是每一次都以失败而告终。乌干达的警方们多次围剿这条鳄鱼,但是它的皮肤像一层厚厚的铠甲,子弹打上去不着一丝痕迹。为了不让它再继续作恶,2004 年 5 月,法耶连同艾利森博士以及马克博士三人成立了一个捕捉鳄鱼的小组。

然而当时由于乌干达国内的局势不稳定,他们的活动随时会受到影响。三位科学家为了能尽快完成任务,于是设计了一个大笼子。这个笼子足足有一吨多重,长 10 米,宽 2 米,高 1.5 米。笼子制成后,动用了 40 个壮劳力才把它搬到水中,放在食人鳄必经的路上。他们还在笼子外装了摄像机,准备拍摄下这动人心魄的一幕。

一切都准备完好后,三位科学家们在一旁等候着。但是许多天过去了,食人鳄却没有上钩。当地渔民也曾发现它的身影,但是它就是不往笼子方向游。当地人甚至还请来了巫师做法。食人鳄时不时地会浮出水面,像是在嘲笑人们。

到了 8 月底,乌干达降了一场暴雨,暴雨过后,笼子无法再固定。这场雨水让这次行动不得不停止了。因此他们只好放弃这次捕捞。

到了第二年初,法耶他们几个人再次来到这里捕捉食人鳄。现在是雨季末期,卡利河的河水猛涨,水流湍急,给鳄鱼的活动带来了方便。法耶找了个靠近岸边的地方观察着。正当他聚精会神地盯着水面的时候，水中泛起巨大浪花，一个庞大的身躯窜出水面咬住了法耶的胳膊。旁边的队员们仔细一看，原来正是那条食人的鳄鱼。

法耶痛得大叫，无法动弹。其中一位同伴立马拿起手中的渔叉投掷了过去。渔叉飞过去后碰在鳄鱼身上，居然碎成了两段。鳄鱼发怒了，用力地咬着嘴里的猎物，而且趁势把他往水里拖。法耶发出撕心裂肺的喊声，同伴见状立即抱住法耶的双腿，全力向后拖着他。在同伴的帮助之下，法耶没有被立即拖下去。但是鳄鱼并没有放弃，它稍微停顿了一会儿后，又加大了力气，另一个队员也来帮忙了。

三人的喊声惊动了周围的渔民，他们也赶忙上来拖住队员们的身体。法耶此时成了绳子，被两边使劲拽着。天哪，他能承受得住吗？不会被撕成两半吧？可是大家顾不上考虑这些，一心只想救他脱离鳄口。

村民拿着石头、斧头等纷纷砸向鳄鱼。鳄鱼终于招架不住松了口，逃回水里迅速消失了。法耶总算是捡回了一条性命，但是他受伤不轻，被救出来时，胳膊上已经露出了白生生的骨头，右腿骨折胸部和腹部多处软组织也被拉伤。经过医生护士全力的抢救，法耶脱离了危险，一直躺在医院里修养。

经过了这一次，这条食人鳄仿佛消失了，专家们四处都没有找到它的身影，但是他们并未灰心，仍然坚持驻守在卡利河下游的岸边。由于暴雨的袭击，河水水位不断上涨，终于在5月5日这天夜里，河水没过了堤岸涌向了岸边。专家们的帐篷也遭遇了洪水袭击。他们赶忙带着东西向高处转移，就在这个时候，穆库拉突然尖叫起来。原来他的小腿像是被什么东西蹭到，剧烈地疼痛起来。突然另一位同伴看见一条长尾巴在水中闪过，一个念头涌上他的脑海，那一定是食人鳄的尾巴。是啊，除了它谁还有那么长、那么大的尾巴呢？他说出了自己的想法，其他的人紧张极了，他们一面继续朝高处跑，一面环顾四周。一会儿，他们终于赶到了安全地带。他们面面相觑，感叹着终于死里逃生了。

雨季终于结束了。河水水位趋于正常。一天，三位专家藏在岸边的树林中，借助望远镜观察食人鳄。终于他们发现了食人鳄在离湖口不远处活动呢。

现在是旱季,许多动物到那里去饮水。因此,湖口那里成了鳄鱼捕食的好地方。专家们足足在岸边驻守了两个多月,虽然没有完全摸清鳄鱼的习性,但也掌握了一些情况。他们发现食人鳄在吃食物的时候完全狼吞虎咽。因此他们想出了一个绝妙的点子。他把一只肥嫩的小羊绑在铁钩上,另一端是结实的钢丝绳绞盘。他设想,如果鳄鱼吞下了小羊,那么拉动绞盘收回钢丝绳就能像钓鱼那样把鳄鱼给钓起来。

经过大家多方论证后,他们决定立即把这个点子付诸实践。他们制作了一些设备,把绞盘设在岸边的一颗大树上。而且他们选取的钢丝绳也足够结实。做好一切准备工作后,他们把小羊放在了岸边。

食人鳄鱼已经有五六天没有在此露面了,法耶他们估摸着它就要快来此捕食了。但是三人苦苦等了一天一夜,也没有等到食人鳄的到来。他们除了等待已没有别的办法,所以只好轮番值班。

又过了一天一夜,刚好轮到马克值班,就在他放下手中的望远镜喝了口水的工夫,突然从岸边传来一阵奇怪的声音。他连忙拿着望远镜看过去,原来是两只小鳄鱼惊慌失措地朝旁边逃去。于是他赶忙唤醒了同伴。艾利森赶忙操纵着钢丝绳把羊放入水中轻轻抖动着,大家目不转睛地望着河面。

果然,食人鳄一口吞下了羊并急速朝水下游去。艾利森拉动绞盘,钢丝绳开始一点点地收缩。铁钩已经深入鳄鱼腹中,钢丝绳嵌在它的牙齿里。食人鳄被这突如其来的动作激怒了,它摆动巨大的尾巴,猛地往后拽。可钢丝绳反而嵌入它的牙缝里,它痛得拼命翻滚。

虽然钢丝绳仍旧坚固无比,但是绞盘却承受不了这样的拉力破碎了。借着绞盘的反作用力,钩子从鳄鱼的嘴里滑出来,它马上潜入水底不见了踪迹。

虽然这次没抓住鳄鱼,但是它受伤不轻。专家们一合计,如今是抓捕的最好时机,否则等它养好伤后,就再也没有人能对付得了了。他们连夜赶制出两张巨大的网。不仅网巨大无比,连网中的网眼也大到能够让一般的鳄鱼游过去。他们找来一些渔民,拉着这两张巨型的网分别从河段的上游和下游行走。

几个小时后,人们终于罩住了食人鳄,为了防止它再次逃脱,他们缓慢收网,食人鳄在网内不停地挣扎。渐渐地,食人鳄的体力不支了。人们这才用大网缠住它并拖到岸上。

为了防止意外发生,人们用结实的绳子牢牢地套住它的嘴巴,又把它巨大的尾巴用渔叉固定住。这下子,这条食人鳄终于无法动弹了。当地人欢呼雀跃,他们举行了盛大的仪式进行庆祝。这条食人鳄后来被送到了乌干达的鳄鱼保护区,度过它的余生。

怎样活着抓捕这条可怕的食人鳄呢?这可是一个难题,鳄鱼非常狡猾,而捕捉小组也不能够用杀伤力巨大的武器,但凭着人力,太难了。

为了抓住这条食人鳄,他们想尽了办法,费尽了心思。有人还差点为此丧命。一次不行,再来一次,这个办法不行,再换个办法,总之,总能找到解决难题的办法。用钓鱼的方法钓这只巨型鳄鱼,许多人会觉得简直是天方夜谭。但是他们却付诸实践,虽然没有取得最终的胜利,但是鳄鱼因此受伤了。这才有了后来的围捕。终于,他们制服了这条令人闻之色变的食人鳄。

失败并非毫无作用,每一次失败的尝试都是为了更接近成功。

亚马孙食人鱼

兰登是一名生物学家,2000年,他带领考察队到了亚马孙河边的一个小岛上。他们正在小岛的集市上选购物品。突然一阵喧哗声吸引了他们的注意。原来是一个屠户买的六头黄牛准备走水路运回家中,可是刚离岸不久,小船翻了,六头黄牛连同屠户一起跌入了水中。

"救命啊,食人鱼。"屠户惊叫起来。水中的黄牛也拼命挣扎,其中一头黄牛逃上了岸,只见它四肢上鲜血淋淋。黄牛上岸后像是疯了一样冲撞着,没一会儿就跌倒在地。人们这才发现,它的肚皮已经破了,几十条小鱼从里面蹿了出来。在场的人们看得毛骨悚然。从当地人的口中,兰登得知,他们把食人鱼叫做魔鱼,这种鱼也分为许多种类,有的专门钻入落水者的体内吸食血液和吞噬内脏。

兰登目睹了此事后,引起了他寻访食人鱼的兴趣。他们费尽周折请了一名叫塞比娜的向导。她曾经遇到过食人鱼,在那次事故中,她的妈妈因此丧命,她自己的小手指也被咬去了半截。因此,在出发前,兰登保证,他一定全力保护赛比娜的安全。

2000年12月24日,考察队出发了。他们来到亚马孙河河口,凭着经验,兰登认为这里可能有食人鱼。岸边的树林里传来猿猴的叫声,它们正在玩耍嬉戏,突然一只猿猴不慎掉入河中,顿时溅起了大片水花。原本平静的河面立即涌现出大群色彩斑斓的鱼,只见那只落水的猿猴挣扎着尖叫了几声,转眼便只剩下一副骨架。

考察队划着小艇过去,捞出水中的骨架,他们发现上面还有一条小鱼。这条鱼的体型扁平,背上有一条蓝色,腹部金红,中间还夹杂着银色的花纹。鱼儿锯齿一般的牙齿紧紧咬住骨架上残存的肉。

"魔鱼。"塞比娜大叫。她认出这就是食人鱼,立刻把小鱼甩入了水中。突然,从远处涌来一股浪头,打破了河面的平静。

"糟糕,赶紧靠岸,亚马奴来了。"塞比娜说到。亚马孙河河口因为长期下沉,因而形成了一个喇叭状的三角河港。每当海潮入

侵时,海水就会沿途截流河水,因此形成数米高的巨浪。遇上它的船只一般凶多吉少。当地人给这种现象命名为"亚马奴"。

此时汹涌的浪潮上下翻滚,水中涌起约五米多高的巨浪,他们的橡皮艇被强大的水流冲击起来又瞬间落下,艇上的许多人被卷入水中,塞比娜也被冲到十多米外。想起刚才的食人鱼,兰登浑身打了个哆嗦。要是此时再遇见这群鱼,他们恐怕全会变成一副骨架。

兰登赶紧解下小艇上的救生圈,把它们抛给水中的同伴。同时,他大喊着,让大家赶紧靠岸。可是他担心的事情还是发生了。就在他准备去救塞比娜的时候,就听见有人喊:"食人鱼来了!"

兰登刚刚见识过食人鱼攻击人的速度,知道逃已经来不及了。水中的食人鱼渐渐多起来。一个队员痛苦地喊叫着:"救命啊,我被咬到了。"只见一股血水从他身边冒出来,血的味道引来了更多的食人鱼在他身边聚集,惨叫声一阵阵传来。

兰登想起自己要保护好塞比娜的誓言,突然想起了艇上的潜水服,潜水服是由特殊材料制作的,应该能够抵挡食人鱼的进攻。于是他马上套上小艇上预备的潜水服,下到水里。此时,附近的水域已经成了一片血水,兰登救上了离他最近的几个队员,他们全身上下几乎都被咬了,不断流血的伤口让人看得触目惊心。然后兰登又游到塞比娜身边去,河水透着一股血腥味,塞比娜和几位队员仍旧被困在水中。食人鱼的速度是那么的惊人,可这怎么办呢?他知道,再这样下去,他们很快就会葬身鱼腹的。

在这危机时刻,兰登眼前一亮,他想起了硫黄棒。硫黄棒是考察队队员们随身都会携带的东西,主要是用来引火、消毒、驱赶蚊虫的,但不知此刻能不能派上用场。最后他决定试一试,于是他边向其他落水队员游去,边朝小艇上喊:"用硫黄棒驱赶食人鱼。"

船上的队员们马上明白了他的意思。他们找出硫黄棒扔进水中,只听见水中传来一阵阵"嘶嘶"的声音,河面上发出硫黄特有的刺鼻的气味。队员们还找出其他驱虫剂扔到水里。

不一会儿,艇上的队员兴奋地喊:"食人鱼跑啦。"

兰登担心食人鱼随时都有可能回来。他快速游到塞比娜身边,此时塞比娜的腿部被咬得伤痕累累,浑身正不停地抽搐着。兰登托起她奋力朝艇边游去。

果然,兰登还没有游回小艇,食人鱼就又回来了。他没有放弃塞比娜,依旧拼命游着。突然,他觉得耳朵一阵钻心的痛,但他顾不上去处理,忍着剧痛奋力向不远处的橡皮艇游去。终于,在队员的帮助下,他们回到了艇上。这时,兰登才看到他刚才游过的地方划出一道血红的水迹,原来他的左耳被食人鱼咬去一小块。

队员们不敢多停留,立刻划着小艇含泪离开了这片水域。这次探险行动中,考察队中共有四人不幸丧生。

中国青少年智慧阅读书系

食人鱼是南美洲的一种食肉淡水鱼，它的牙齿非常尖利，能够很轻松地撕破肉体。而且，它们大多群居，要知道，一头成年的水牛，在食人鱼的攻击下，不到十分钟就会化作一排骨架。

前有亚马奴，后有食人鱼，处境可谓是九死一生。兰登在自己获救后，没有立即逃跑，而是想办法解救同伴，利用考察队携带的硫黄棒和刺激性药品成功驱散了食人鱼群。为了拯救赛比娜，兰登不顾自身安危，忍痛带着伤痕累累的赛比娜游向安全区域，直到最后，他才发现左耳被食人鱼咬掉了一大块肉。

兰登的勇气和临危不乱值得我们学习，但更值得我们尊敬的是，他尽自己的最大努力，去拯救每一个自己可以帮助的同伴的生命，将整个考察队的损失降到了最低。

⋯⋯⋯

每个人都会做出许多承诺，但是，往往只有一部分人会重视自己的诺言，言必信，行必果。事实证明，只有这种人才是真正的智者和英雄。

勇闯魔鬼三角区

1 971年春天,美国一位名叫丹尼斯的船长,很想去闯一闯被人们称为"魔鬼三角区"的百慕大海域。他打算在那里拍摄一些纪录片和电视新闻片,以揭开那里的神秘面纱,从而解开长期以来埋藏在人们心中的疑团。

为确保此次行程顺利进行,丹尼斯提前做好了一切准备工作。他在当地有名的报纸上刊登招聘广告,招聘了优秀的船员,并为他们办理了巨额保险金。这些招聘来的船员个个勇敢、精明,都对冒险充满了热情。

丹尼斯亲自掌舵,向目标地急驶而去。海轮行驶了几天,离百慕大海域越来越近了,想到自己就要创造一件惊天动地的事情,船长丹尼斯激动万分。他吩咐水手们打捞海中的藻类,供他辨认航行路线准确无误,同时他不停地在日记上记下天气的变化,粘贴海藻的标本,通过电报将航行中的变化随时告诉美国海洋救险队。

这天早晨,天气晴朗,碧空无云,海面上风平浪静。一位水手打捞上来一堆马尾藻,赶来告诉丹尼斯,他们已经进入马尾海藻区域,百慕大就在他们前面。丹尼斯马上打开日记本,在航海日记上记载下了进入马尾海藻区域的具体时间。

他刚写到这里,突然周围狂风四起,天空瞬间阴云密布,海面上波涛汹涌,海轮也立刻在波峰浪尖上颠簸摇晃。海员们一个个被摇得晕头转向,疲惫不堪。

丹尼斯赶忙把日记本藏在一个密封的木匣子里,镇静地命令船上所有船员,不要慌乱,各自认真坚守自己的岗位,有什么紧急情况,立即向他汇报。然后,他继续掌着舵,静候一切可能出现的灾难。

这时候,天空中突然出现一个球形闪电,还未等丹尼斯做出任何反应,一个个大火球就在海轮的甲板上炸了开来。火球滚动着,燃烧着一切易燃的东西。最可怕的是,火球炸着了甲板上燃料桶。顿时,大火立刻在甲板上蔓延燃烧起来。眼看大火就要把整条船摧毁,丹尼斯船长简直要痛心疾首。他顾不得细想,赶紧拉了一下警报,然后纵身跳进海轮上的淡水桶里,把全身衣服浸湿,然后冲进烈火中,拿起消防瓶奋力灭火。一旁吓呆了的船员们看到船长的英勇举动,赶紧纷纷效仿,把自己的衣服弄湿,再投入到扑火当中。经过一个多小时的奋战,大火终于扑灭了,尽管海轮上的甲板已经被烧得面目全非,丹尼斯还是竖起大拇指,赞扬大家的团结一致。

过了一会儿,海面又恢复了风平浪静,海轮依旧向前行驶着。两小时以后,丹尼斯忽然发现远处海洋中喷出一道乳白色的强光,光束巨大,犹如一条冲向天空的银柱,广阔的海面上一下子变成一片银白色。海员们从来没见过这种奇异的现象,都吓得目瞪口呆,不知所措。这时,负责拍摄电视的工作人员报告说:"船长,不好啦!机器失灵了,噪声特别大!"

丹尼斯果断地做出决定,说:"再拍摄一分钟后,完全关掉机器!"因为他十分清楚,眼前的白光是百慕大魔鬼三角海域最厉害的杀手锏,它能引起海水沸腾般地翻滚,引起强大的磁暴,并使船上的仪器和无线电装置统统失灵,如果不及时撤离,很可能发生船毁人亡的悲剧。

想到这里,丹尼斯船长迅速调转船头,加速离开白光区。但是,海轮开出还不足一海里,遥远的海面上又变得阴森森的,远远地传来好似千军万马奔腾的喧哗声。

丹尼斯打开广播,对船员们喊道:"我们碰上巨大的旋涡了,请大家各就各位,务必以最快的速度冲出旋涡中心,否则,我们将会遭到灭顶之灾!"

船员们听了,立刻穿好救生衣,全身武装,各自坚守在自己的岗位上,随时准备迎战。丹尼斯努力辨认旋涡转动的方向。谢天谢地,他终于发现,旋涡是逆时针方向旋转的。于是他立即命令同时启动海轮两台主机,按顺时针方向向旋涡的反方向行驶。可是,旋涡的力量十分强大,海轮根本无法逆流而上。

　　情况万分危急,丹尼斯下令把所有的机械都启动起来,而后,他又让大家将底舱的压仓沙全部抛入海里。经过这一番努力,海轮才慢慢从旋涡的里圈驶向外圈,逃脱了那个危险的地方。

　　回来以后,各大电视台连续播放丹尼斯拍摄的纪录片,人们看了他们这段历险经历之后,无不佩服他们的勇气。

　　在海面遇到球形闪电,差点烧掉整艘船,丹尼斯和船员们齐心协力,共同渡过了难关。也许正是因为他们经受住了这次考验,当海轮遇上旋涡时,丹尼斯和船员们都没有惊慌,而是采取相应的紧急措施,勇敢应对。

　　面对巨大的旋涡,他们没有盲目行动,而是根据旋涡的转动,努力辨认旋涡的方向,准确掌握旋涡的实际情况。当完全确认了旋涡的转动方向以后,丹尼斯才命令船员启动海轮主机。显然,逆时针航行是逃出旋涡的最佳办法。

　　这类似于河水中的小旋涡,如果你顺着旋涡转动的方向,放进去一片叶子,很快就被旋涡卷了进去;如果逆着旋涡转动的方向,放进去一片叶子,叶子就一直在旋涡周围打转,而不会卷进旋涡当中。丹尼斯正是运用这样的生活常识,使海轮避免了一场灾难。

　　同时,海轮陷入旋涡无法逃出时,丹尼斯又命令船员们把压仓沙全扔到海里,这样就减轻了海轮的重量,海轮自然会浮出海面,而且容易从旋涡里驶出来,因此逃脱了灭顶之灾。

　　常识的力量是很大的,如果在危急中,人们能利用生活常识解决困境,这是一种强大的能力。

独闯"恶魔岛"

根哈岛位于土耳其西南部,是一个景色十分迷人岛屿。可是该岛禁止外人进入,因为进入此岛的人都会丧命。然而,2005 年 4 月 17 日,专门从事海产品生意的华人王茂,来土耳其作商务考察时,听说了哈根岛的故事,于是打算到岛上探个究竟。

王茂来到岛上后,暂住在渔民毛斯家里,毛斯一家为他准备了丰盛的晚宴。进餐过程中,王茂对一种加了调料的生鱼片格外注意,因为这种生鱼片味道特苦,还有一种难闻的臭味。王茂闻了十分难受,可是毛斯一家却吃得神秘而又虔诚,出于礼貌,王茂硬着头皮吃了一点儿。

第二天,毛斯 10 岁的儿子带领王茂游览全岛。在海边,一块巨大的礁石引起了王茂的兴趣,这块礁石形状像一个光着身子的少妇,怀里抱着一块像鱼一样的石头,处于好奇,王茂爬到那块石头上。毛斯的儿子发现了他的举动时,吓得尖叫起来,拼命地冲他叫着。王茂不知道发生了什么,依然向上攀爬,毛斯的小儿子见状连忙向家跑去。晚上回到毛斯家里,毛斯告诉王茂:那尊礁石是根哈岛居民的神,每年夏季,居民们都要举行隆重的祭拜仪式;而且不准任何人攀爬神的身体,更不能在神周围随意扔杂物,否则将会遭遇灾难。

当时,王茂听了不以为然。可是,吃过晚饭,他发现身上起了一些红色的斑点,到夜里,他身上的斑点越来越多,越来越大,他感到非常害怕。第二天,这些红斑不但没有减少,还密密麻麻地遍布他的全身。毛斯见了,给他采了一些树枝和野草回来,熬成药水让王茂擦洗,但是作用并不大。

傍晚时分，王茂的身体开始浮肿，两只胳膊、胸部和背部开始溃烂，疼痛令他痛苦不堪。"为什么我会生这种怪病，你们却好好的呢？"他疑惑不解地问毛斯。

毛斯告诉王茂，他们世世代代生活在这里，身上却从来没长过这样的毒疮。也许，是他得罪了女神了吧！

总算挨到天亮了，可不料天气骤变，岛上刮起了大风，这种天气根本不适合出海。此时，王茂身上的血不停地浸出，瘙痒折磨得他快要死掉了。由于待在屋子里实在是太难受了，因此王茂就跟跟跄跄地跑出来，观察着天气。然而，他不小心却一下子掉进了身后的水池里。刚掉进水里，王茂就大声惊叫起来，好像水里有吃人的怪兽一样，不停地扑腾。毛斯听见了赶过来，将他从水池里救了上来。王茂惊恐地问毛斯："水里是不是有什么东西，我感觉被什么东西给咬了？"毛斯很诧异，回答他："水里除了鱼什么也没有！"

王茂不相信，再次小心翼翼地把胳膊伸进水里，这次他看到一些小鱼警觉起来，过了一会儿，它们都冲向他的胳膊，他连忙将胳膊抬起。这回他终于明白，刚才是小鱼咬了他！"天哪！难道是食人鱼吗？"王茂顿时毛骨悚然。

过了不久，王茂惊奇地发现，被鱼咬过的地方不再痒了，不会是这种小鱼咬的结果吧？王茂为自己的发现感到激动，他鼓足勇气，再次下到水池中。果然，他刚下到水里，那些小鱼就疯狂地扑过来，咬噬着他的身体。他有些惊恐，又有些惊奇，在水里坚持了几分钟。再次爬上水池，他发现浑身舒服多了，尤其被鱼咬过的地方，很快就不痒了。

五天后，王茂身上的红肿神奇地消失了，连溃烂的地方也恢复如初。就这样，一个月后，他身上的怪病渐渐消失了。这时候，王茂却对水池里的小鱼产生了兴趣。离开哈根岛的那天，他向毛斯打听岛上的居民生吃这种鱼的情况，毛斯的回答让人匪夷所思。他说很早的时候他们的祖先就吃这种小鱼，并且吃了这种鱼，能消灾除病。王茂隐约地觉得，岛上的居民生活在这种湿热的环境中，却不长毒疮，很大程度跟食这种小鱼有关系，而自己之所以能大难不死，也与小鱼有一定的关系吧。

2005 年 9 月,王茂回到了秘鲁,但他一直还想弄清楚哈根岛的秘密。于是,他来到达特恰图书馆,查阅了大量的资料,并希望能从中解开谜团。后来在一位叫戴维的博士的帮助下,王茂解开了哈根岛的秘密。原来,哈根岛的温度和湿度,能导致一种病菌产生变异,并具有极大的毒性,人一旦被感染,就有可能死亡。除此之外,专家们还从圣里斯鱼体中,发现了一种能抑制和杀死变异病菌的物质。

王茂帮当地人解开了数百年的秘密,并为生物学界和医学界做出了重要的贡献。

在哈根岛遭遇病魔,王茂却因为一次偶然的事件,令身上的毒疮奇迹病愈,由此他还发现圣里斯鱼能治愈这种病,并联想到哈根岛当地居民饮食习惯与此有关,于是发现了隐藏在哈根岛数百年来的秘密。

尽管王茂的发现有很多偶然因素,但是若是没有他的细心观察和钻研精神,也许至今人们也不会了解哈根岛上的"怪病"究竟是怎么回事,以及外地人为何不能进入哈根岛的原因。

当他第一次掉进水池,发现水池中有咬噬人的东西,发现自己身上被咬噬的部位很快恢复,王茂就琢磨着自己的毒疮为什么会奇迹般治愈,以及哈根岛居民的生活习惯与小鱼的关系等等。正是因为他这种锲而不舍的探究,才最终解开了哈根岛的居民不生毒疮之谜,从而为生物界和医学界做出了重要贡献。

发现是智慧的眼睛,善于观察、善于发现、勤于思考,并坚持不懈地探究,你就会发现别人发现不了的秘密。

探秘"死亡之虫"

几个世纪以来,在蒙古境内,一直流传着一个神秘而又可怕的传说。相传,在茫茫的戈壁沙丘中,潜伏着一种巨大的血红色虫子,它的眼睛中可以发射出一股强电流,瞬间就将数米之外的人畜电死,还能喷射毒液,将猎物慢慢地吞噬。这种虫子的杀伤力十分强大,令人闻风丧胆。因此,人们称其为"死亡之虫"。

事实上,很多人都认为死亡之虫只不过是一个杜撰的玩笑而已。然而,在蒙古国一带,许多官员和居民都坚持认为这种怪物是确确实实存在着的,甚至有人声称自己曾亲眼目睹过。1926 年,英国教授罗伊·安德鲁斯在他的专著《跟踪古人》中曾提到过这种神奇的动物。然而,迄今为止,还没有人拍到过死亡之虫的照片,也没有找到足以证明死亡之虫存在的证据。所以,死亡之虫的传说的可信度才大打折扣。那么,真相究竟如何呢?

在科学家眼里,蒙古戈壁存在这种神奇的动物不是不可能的。因为那个地区人迹罕至,从生态学的角度说,那里有一些奇异的生物出现其实不足为奇。只是由于戈壁的环境太封闭,以至于人们对这种虫子了解甚微,所以才让人感到难以置信。此外,目击者虽然生活在不同地区,可他们描述的死亡之虫却是惊人的相似,毫无疑问,死亡之虫并非传说。

如今,这种未经科学证实的怪物已被当地人传得神乎其神,使得很多科学家对它产生了浓厚的兴趣,甚至有不少探险家不远千里来到戈壁沙漠,试图揭开这个自然谜团。

1999 年,美国生物学家达弗·克拉克无意中看到了英国教授罗伊·安德鲁斯的著作《跟踪古人》，于是对死亡之虫产生了浓厚的兴趣。他曾四次进入蒙古戈壁沙漠，想抓住一条活体以供研究。但是，除了从当地居民口中了解到一点儿关于死亡之虫的信息外，他一无所获。2005 年春天，在美国举行的一次神秘生物研究会上，克拉克将自己所收集到的关于死亡之虫的资料公布于众。一时间，竟引起了巨大的轰动，全世界几乎所有的神秘生物学家都被死亡之虫所吸引，纷纷前往实地开展调查行动。

值得一提的是，早在 20 世纪 90 年代，捷克学者伊凡·麦克勒就曾深入蒙古沙漠腹地调查死亡之虫的真相。麦克勒学者是研究死亡之虫的权威专家，在他第一次进戈壁中探险时，曾经遇到过一位老人。据那位老人描述，死亡之虫的行踪十分诡秘。每年天气最炎热的 6 月和 7 月，它才会出没在荒无人烟的沙丘之下或炎热的戈壁山谷之中，其他的时间则躲在沙土中"冬眠"。一般是在戈壁沙漠喜逢降雨时，死亡之虫就会爬到地面，沐浴戈壁上难得的甘露。老人还指出，在死亡之虫经常出现的戈壁山谷中，生活着带有剧毒的蜘蛛和毒蛇，它们从不惧怕人类，甚至会攻击入侵自己领地的所有动物。

毋庸置疑，寻找死亡之虫的道路比想象中的要艰难百倍。然而，麦克勒却毫不退缩。令人遗憾的是，在对戈壁进行了三次搜寻行动后，他始终没有找到任何死亡之虫存在的证据。在其中的一次探险行动中，麦克勒甚至曾尝试使用高性能炸药将死亡之虫从沙漠中轰出来，但根本没有作用。

之后，麦克勒根据目击者的描述，做了一份详细报告。他在报告中指出，死亡之虫的外形与肠虫相似，其体长约 50 厘米，如同男性胳膊一般粗。它的尾巴很短，尾端并非锥形。而是像被刀切断了一样。死亡之虫整体呈暗红色，其眼睛、鼻孔和嘴的形状很模糊，乍一看，人们几乎无法具体辨识其头部和尾部。它的爬行方式十分古怪，它要么是向前滚动着身体，要么将身体倾向一侧蠕动前进。

尽管死亡之虫的外表奇丑无比，但这丝毫无法掩盖它的血腥与残暴。根据外界的传言，它是一种能喷射出像硫酸一样的腐蚀性液体（甚至可以腐蚀金属）的怪物，是一种眼睛中发射出的电流能够置人于死地的怪物，真可谓是动物界的"终极杀手"。

与麦克勒学者同期进行调查的，还有一位英国探险家查德·弗里曼。他是一位动物学家，从孩童时代起就对那些未知的动物产生了浓厚的兴趣。弗里曼最早做过动物管理员，后来成为动物园园长，饲养过许多珍稀动物。为了专心从事自己喜欢的未知动物的研究，他辞去了园长的职位，多次到东非、欧洲、亚洲和美洲研究野生动物。

弗里曼率领了一支英国探险队来到了死亡之虫出没最频繁的地区进行科考。但是，同麦克勒的结果一样，他也没有找到这种行踪神秘的怪物。不过，弗里曼坚持认为蒙古戈壁沙漠里的确存在死亡之虫。只是，它并非像外界传言的那样，拥有可怕的杀伤力。因为死亡之虫容易使人联想到中世纪欧洲的火蜥蜴迷案，当时，人们盛传亚历山大大帝的士兵在东欧战役中，由于误喝了火蜥蜴"污染"过的溪水，结果导致几百人无辜丧命。后来，经科学家证实，火蜥蜴根本就没有毒性。另外，类似的迷信误传在今天的苏丹同样存在。当地居民普遍认为沙蟒蛇剧毒无比，只要不小心碰触到它，就必死无疑，但其实这种蟒蛇根本就没有毒。

很多学者认为，所谓的"死亡之虫"并非是一种虫子，因为虫子需要湿润的空气和泥土，而死亡之虫所处的戈壁沙漠中根本就不具备这样的条件。那么，假如死亡之虫真的存在的话，它更有可能是石龙子，也就是一种长有短小或退化了的腿的蜥蜴。然而，令人费解的是，石龙子虽然喜欢生活在沙子里，但它们不能分泌毒液，那么，死亡之虫的真实面目是什么呢？

有学者认为，死亡之虫有可能是一种未知的蛇类。也就是说，它有可能是一种致命的毒蛇。在澳大利亚就曾发现过一种有剧毒的蛇，它们与眼镜蛇关系紧密。众所周知，有几种眼镜蛇在自卫时会喷射毒液。但是，这种毒液只有在接触到眼睛时才有危险，另外，它并不具备任何腐蚀特性。而且，眼镜蛇也不可能释放电流。

迄今为止，对于蒙古"死亡之虫"是否真的存在，以及它的真实面目又是什么，科学家们的意见始终不一。因此，科学家们对于死亡之虫的调查还将继续进行。相信无论结果如何，科学家们都会一直调查、研究、证明，并努力寻找机会揭开死亡之虫的神秘面纱。

死亡之虫的传说已经流传了好几个世纪，然而，对于其是否存在，科学界一直争论不休。麦克勒和弗里曼等学者，他们坚信死亡之虫的存在，毕生都在研究这种怪物的秘密。

许多人认为，越是合情合理，流传越久远的"怪物"，要给它们验明真身的难度就越大。然而，为了找出这种在蒙古流传了数百年的生物，麦克勒等学者坚定信念，不惜劳心劳力，舍生忘死，几度深入荒无人烟的沙漠腹地展开调查。即使他们最后没有成功，但却为后人研究神秘生物提供了宝贵的资料。我们有理由相信，正是有了这些学者的不懈努力，才使得揭开死亡之虫的秘密指日可待。

理想的实现，贵在坚持，前方的阻力越大，我们才应该越坚定。因为只有坚定，才可能成功。

沼泽求生

南美洲出海口的大沼泽是世界上出了名的吃人沼泽，里面遍布陷阱，稍不注意就会身陷其中被泥沙吞噬。但同时这里野生物种丰富，是科学家们进行探索的理想之地。因此，每年都有许多科学家们前来考察研究。

2002年4月，一对美国科学家探险家夫妇西奥多和唐娜来到这里。出发前，他们事先来到附近的救援中心登记，一名叫萨松的主任接待了他们，给他们介绍了简单情况以后并再三叮嘱，务必在下午四点之前返回，四点以后，沼泽地会涨潮。说完，萨松还给了他们一个救援电话。

第二天一早，他们便向沼泽腹地出发。这天天气阴霾，但这并没能阻挡他们前进的脚步。他们相扶着在沼泽地小心地前进，仔细地观察周围的情况，上午很快过去了，两人并没有发现什么特别的东西，依旧仔细地朝前方迈进。

突然，一只长尾巴的青蛙进入他们视线。一般蛙类长大后尾巴就会消失，而眼前这只青蛙看体型明明已经成年，却仍然长着长尾巴。这可是闻所未闻的事，身为生物学家的夫妇自然明白眼前这只青蛙的意义重大。

唐娜非常兴奋，伸手去捉。青蛙敏捷地跳开了，她追逐着走了几步俯下身一把抓住了青蛙。但还没等她高兴，可怕的事情发生了。她的双脚正在迅速下沉，周围的淤泥很快就淹没到她腰部的位置。

他们惊呆了，但是片刻惊慌之后西奥多立即把手中的探路棒伸给她。唐娜紧紧地抓住，但是由于陷的太深，光靠这小小的棍子还是没有办法拉唐娜上来。在情急之下,西奥多伸出胳膊使出全身的力气一拉,唐娜暂时安全了,可是西奥多自己又深深陷进去了。他赶忙俯下身子趴在沼泽上,这一动作很有效果,他没有再往下沉,可由于动作幅度太大,口袋中的手机顺势飞了出去。

没了手机,怎么求救呢?更何况他们目前的这种状态是无法自救的。

此时唐娜的情况也很危急,西奥多刚才那一拉,减缓了她下沉的速度,但是周围的泥浆松软,她仍然在缓缓地下沉,不过她还抓着西奥多的一只胳膊,因而暂时还算安全。正在这时,一条蛇从远处爬过来,它高昂着头,吐着信子,发出嘶嘶的声音。

他们仔细一看这是毒性最强的美洲眼镜蛇。蛇发现了青蛙,正死死地盯着唐娜手中的那只青蛙,朝这个方向爬了过来。两人倒吸一口凉气,唐娜忙把手中的青蛙藏进怀里。他们屏住呼吸纹丝不动。眼镜蛇从西奥多的脖子上爬过来,后来爬到了唐娜的脸上。蛇和他们比着耐心,默默地等待青蛙出来。青蛙或许是被憋坏了,它从唐娜怀中跳了出来,刚好落在蛇的眼前。就在这个千钧一发的时刻,为了青蛙不被蛇吞掉,唐娜瞬间抓住蛇尾巴甩了出去,另一只手去抓住青蛙。但是她一松开西奥多的胳膊后,身体再次迅速下沉。眼看她的脖子都要被淹没了,唐娜把青蛙递给西奥多,含着眼泪说:"即使我被活埋了,也要保住青蛙。"这时奇迹发生了,她踩着了下面的一块石头,身体不再向下沉。他们又惊又喜,西奥多鼓励唐娜一定要坚持住,他挣扎着爬过去捡起手机,和当地的救援中心联系。

然后两人就相互鼓励着等待救援人员的到来,马上就快四点了,如果救援的人不能尽快赶到,到时候潮水会把他们吞没。而此时,唐娜的嘴唇开始发紫,毕竟她身体的四分之三几乎都被掩埋了,呼吸很费劲。他们唯一能做的就是一边祷告一边等待救援。每一秒都是那么的漫长,他们在与死神较量着。

很快,远处传来直升机的轰鸣声,救援人员来了。直升机停在附近的高地上,萨松和尤德尔下了飞机。唐娜和西奥多他们相视而笑,海水开始涨潮了,水面一次次把唐娜的头部淹没，救援人员萨松拿着绳子跑到他们身边，他把绳子抛向唐娜，唐娜好不容易才抓住绳子，西奥多和萨松一起把唐娜往外拉。

终于，唐娜从沼泽中被救出来。他们准备离开这个危险之地，可是泥地非常松软，他们还没走几步又陷进了沼泽，好在这次陷的不深，沼泽刚没过他们的小腿。但是面对汹涌的浪潮，他们再一次陷入生死未卜的状态。

萨松急忙联系直升机上的人员，直升机马上开了过来。飞机在他们头顶抛下绳梯，照规矩女士优先，唐娜先上。唐娜拔出一条腿，救援人员萨松不顾一切地把她往上举，可是当唐娜爬上直升飞机的时候，救援人员却陷得更深了。萨松和西奥多推让着，萨松坚定地说："我们是来救你的，当然你先上。"西奥多没有再争辩，但是此时他根本无法动弹。萨松见状，再次托举着他。最终在萨松的帮助下西奥多也爬上了绳梯。而萨松陷得更深了，他的大半个身子都被埋在沼泽里，潮水一波波地涌过来。

此时沼泽里就剩下尤德尔和萨松了。眼看最大的一波潮峰将要涌来，两人都让对方先上。萨松大声命令道："快上！"然后他奋力推举着尤德尔。尤德尔含泪爬上了绳梯。

终于轮到萨松了，只见他用尽了全力仍然无法拔出腿脚。远处的浪潮急速前进着，飞机驾驶员在上空大喊："千万抓紧绳梯，升高拔你出来。"

这个时候浪潮已经涌了过来，飞机也已经升高了，只见大浪过后绳梯下方已经不见人影。潮水过后，沼泽变成一片汪洋，所有的人都泪流满面。

尤德尔流着泪说道："主任眼看就要退休了……"这时，驾驶员满眼含泪。尤德尔用颤抖的声音说道："主任就是他的父亲……"

西奥多夫妇回到美国，经过仔细研究确定，这只青蛙是一种新的物种，和以往的所有青蛙都不同。为了纪念为救他们而牺牲的萨松，他们将这只青蛙命名为"萨松蛙"。

生命的价值到底是怎样的呢？一百个人有一百个答案。

不同的价值观带给我们不同的答案，对于西奥多夫妇来说，新的物种代表着无可比拟的价值，即使是付出自己的生命，他们也会毫不犹豫。而对于救援人员萨松来说，自己存在的价值就是拯救他人的生命，只有完成自己的任务，才能实现自己的人生观和价值观。

沼泽，吃人的沼泽。几乎所有的人都知道，一旦陷入沼泽几乎没有生还的可能。可西奥多夫妇和萨松在遇到危险的时候，首先想到的都不是自己的安危。唐娜宁愿被活埋也要保住青蛙。这是她对职业的虔诚热爱。而萨松坚持救援人员先脱离险境，也是对职业的崇高信仰。他们各自坚持了自己的信仰，这是人生境界中的大智大勇。

只有在危机时刻，一个人的品行才会暴露无遗。而这种品性直接来自于自我价值的定位。

寻找神秘的印加古城

在 20 世纪初期,秘鲁的安第斯山脉一直流传着这样的一个故事。据说,在 1533 年,一些印加王朝的幸存者为了躲避西班牙殖民者的杀戮,无奈逃到了这些险峻的山峰上,然后在两座高高的马鞍形山峰之间修筑了一座坚固的堡垒城,世代隐居下来。后来,这个城市便逐渐衰落,最终湮没在群山之间。传说,这座神秘的古城只有翱翔的山鹰才能一睹其雄姿。

为了证实这个传说,来自世界各地的探险者纷纷来到印加人的首府库斯科。他们在库斯科附近茂密的原始丛林和高山上四处搜寻,但始终没有发现任何能引起兴趣的东西。在失望之余,他们放弃了寻找,开始怀疑这个传说的真实性。然而,美国耶鲁大学专攻拉美历史的一位年轻助教海勒姆·宾厄姆却毫不气馁,他坚信这座城市的存在,并计划去寻找这座神秘的古城。

1911 年 6 月,宾厄姆率领耶鲁大学考古队,以寻找印加帝国的首都为主要任务,来到了秘鲁。他们沿着乌拉班巴峡谷前进,一路仔细搜索。但最初的努力毫无结果,随行者渐渐失去了信心,于是争论起是否该继续探险。许多人看来,这次行动已经逃不开失败的厄运了,只有宾厄姆依旧乐观。

一天,在居住的旅店,宾厄姆无意中听店老板提起,在马丘比丘山中的瓦伊纳皮克山顶上,有一片废墟,目前还没有人知道它的用途是什么。宾厄姆立即来了兴趣,他预感到这片废墟和那座神秘的古城一定有某种关联。

第二天清晨,风雨交加,同行的考古学家都不愿出行,宾厄姆只好与小旅店的老板,还有一位当地青年结伴而行前往那片废墟。沿途地形极为陡峭,湍急的乌鲁

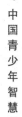

班巴河两岸,耸立着高达 5400 米的山峰,山间弥漫着朦胧的云雾,狭窄的小道上荆棘丛生,岩石湿滑,就这样,他们小心翼翼地登上了 600 多米高的山坡。

宾厄姆等人在山坡上休息时,遇到了两个印第安人。在交谈中,印第安人告诉他们:"翻过这座山,就在拐角处,有一些漂亮的门廊、古老的房屋和围墙。"

在经过多次失望后,宾厄姆对此半信半疑。但没过多久,当他们转过这座山时,立即被眼前的景色惊呆了。在他们面前,耸立着一组大约有 100 座建得很漂亮的房屋群,它们长 30 多米,高 3 米。此外,还有一些复杂的白色花岗岩的建筑群,看上去坚固无比而且非常壮观,很显然,这座花岗岩建筑群是这座城市的中心建筑。

一切似乎是在梦境中,宾厄姆简直不敢相信自己的眼睛。随后,激动不已的他匆匆赶到山下,唤起了在营地休息的同伴们。

而后,宾厄姆和随行的考古学家对这片遗址进行了详细地调查,终于证实它就是印加帝国的重要"据点"之一。但由于缺乏史料,古城的真名已无人知晓,考古学家便以其所处的山名——马丘比丘来称呼它。

种种迹象表明,马丘比丘城曾是印加帝国的政治和商业中心,后来一度成为印加反抗军的要塞。他们发现,这座古城堡内既有道路、广场、城门,还有宫殿、祭台,城内的所有建筑几乎都是用浅色花岗岩石砌成的,每一块石头都差不多有上吨重。城堡内的房屋也是用花岗岩砌成的。总之,城堡内的一切远比想象中的要宏伟。

第二天,在一个被当地居民称为埃斯皮瑞图·帕梅派(意为"鬼魂平原")的地方,宾厄姆和他的探险队又发现了一个更大的印加城市遗址——维尔卡巴姆巴。

也许宾厄姆并没有意识到,他的努力复苏了被遗忘的印加古城,赋予它更多的惊叹与赞美,同时也唤起了更多人对这个昔日帝国的狂热兴趣。

1913 年,美国《国家地理》杂志用了整整四月刊来介绍宾厄姆和马丘比丘遗址。1983 年,马丘比丘被联合国教科文组织列入《世界遗产名录》,成为世界上为数不多的文化与自然双重遗产之一。2007 年 7 月 8 日,在葡萄牙里斯本,马丘比丘又被评选为"新世界七大奇迹",引起了全秘鲁以及全世界考古迷们的欢呼庆贺。人们似乎再一次听到了南美文化脉搏强劲的跳动。

如今，马丘比丘已经成为秘鲁的聚宝盆。每年有 50 多万的游客慕名而来。每天都有成千上万的游客来此参观。作为马丘比丘的发现者，海勒姆·宾厄姆也因此享誉世界。

炼智 在传说中，如昙花般繁华过的印加帝国，只留下了一片废墟作为其曾经辉煌过的证据。文中的宾厄姆只是一个年轻的助教。在他之前，有许多探险家试图揭开印加帝国的神秘面纱，但都以失败告终。可他却敢于质疑别人的结论，并决心找到传说中的古堡，以证明别人的观点是错误的。功夫不负有心人，他在当地人的帮助下，终于找到了印加帝国的遗址，成为马丘比丘的功臣。如果没有宾厄姆这样狂热的探险家，恐怕它还要沉睡在密林山野之间了。

探险，一个充满着多少惊心动魄的词语，它鞭策着人们的好奇心，让他们一步步走向精彩的未知。纵使会被打入漆黑的地狱，只要有一丝光亮，就会燃起战斗的希望。不管危险的来势有多么凶猛，也要挺起胸膛去拼搏。也许前路渺茫，但是，只要敢于挑战，不论成功与否，你都是一个英雄。

悟理 质疑权威是一种勇气，也是一种态度。它使我们不会陷于固定思维，并让我们在探索的过程中，慢慢变得强大。

智勇兼备的麦哲伦

被人们称为"海上之狼"的麦哲伦，从小就对未知的海洋充满了向往，并且将冒险作为他的最崇高的理想。当时最吸引麦哲伦的是西方航道。因为自哥伦布以来，人们知道向西航行可以到达美洲大陆，并有人谣传在南纬40°的地方，有一处海峡，那是通往西方的航道。

16世纪初期，在西班牙国王的支持下，麦哲伦率领着由五艘船、265名船员组成的探险船队，从巴拉麦达港启航，开始了人类历史上第一次环球航行。

他这次计划向西航行到东洋，绕行新大陆一周。出发前，麦哲伦经过几个月的准备，购到了圣安东尼奥号、特立尼达号、康赛普逊号、维多利亚号和圣地亚哥号五艘船，并在船上准备了足足两年的食物和淡水。

几个月后，船队驶进了里约热内卢，并一直南下，到了传说中的南纬40°，但是并没有找到通往大南海的海峡。这时，南半球的冬天到来了，风浪也愈来愈大，气候越来越不利于航行。麦哲伦思考再三，决定在当地停船过冬。这一地带气候寒冷，十分荒凉，几天后天就开始降雪，又找不到可以充饥的食物，对此有些船员产生不满情绪。尤其是那些混在西班牙船队中的葡萄牙奸细，他们暗中策划谋反，并要求麦哲伦尽快返航。

面对众多反对声音，麦哲伦坚定地说："情况虽然艰苦了些，但是我们要不了多久就可以找到通往大南海的海峡。我们的食物还足够，除此之外，我们可以捉鸟捕鱼，以补充食物。再说我们不能半途而废，在没有到达大南海之前，我们不能退缩！

　　麦哲伦的一席话让船员们返航的情绪平息下来。但是复活节前夕,康塞普逊号舰长凯萨达、维多利亚号舰长缅多萨以及被麦哲伦免职的卡尔塔海纳联合发动了一场哗变。当天晚上,凯萨达和卡尔塔海纳带领 30 名武装部下,乘坐小艇袭击由麦哲伦的弟弟麦斯基塔指挥的圣安东尼奥号,他们一上船就拔出短刀,威胁麦斯基塔船长,强迫麦斯基塔服从他的指挥,并且命令手下当场把麦斯基塔捆绑起来。接着,卡尔塔海纳到康塞普逊号去指挥,凯萨达留在圣安东尼奥号看管麦斯基塔。加上缅多萨把持的维多利亚号,叛乱分子控制了整个船队五分之三的船只。

　　后来他们向麦哲伦送来一封信,信上这样说:"我们不再听从你的指挥,请你亲自到圣安东尼奥号上来,商议国王的相关命令。"当时形势非常严峻,但是麦哲伦镇静自如,一点儿也不惊慌,他看了看信说:"我需要考虑一下,你们稍等片刻。"随后,他迅速逮捕了前来送信的人,然后另派保安官埃斯比诺乘坐小艇,去维多利亚号,把自己的亲笔信交给缅多萨,并借机除掉他。

　　埃斯比诺来到维多利亚号上,按照麦哲伦的指使,对缅多萨说:"总领队麦哲伦先生要我把一封信交给您。"缅多萨接过信阅读起来,这时,埃斯比诺乘其不备,抽出短剑,一剑刺死了缅多萨。与此同时,麦哲伦又对杜亚脱·巴尔波查说:"你率领15名弟兄,迅速前往维多利亚号,缅多萨被除掉以后,马上将船开到旗舰附近。情况顿时逆转。三艘船一并排在港湾口,他们封锁了出海口,切断了叛乱分子的退路。

　　晚上,凯萨达、卡尔塔海纳趁着夜色企图逃走。他们刚将船开出港口,驶到旗舰旁边,旗舰上的大炮和步枪就猛烈朝他开火,他们扣押了卡尔塔海纳和凯萨达。至此,这场叛乱终于平息了。

　　探险队历经了一年零一个月的航行。1520 年 8 月探险队发现了通向大南海的海峡,他们向旗舰鸣炮报喜。然而,就在不久前,圣地亚哥号遇上暴风雨而沉没,这时候他们只剩下四艘船了。不过,麦哲伦还是迫不及待地率领船队驶入海峡。最后,他们在蜿蜒曲折、港汊交错的水道中摸索了三天,终于找着另一个出海口。他派出一艘船去探航,然而这艘船却调转方向,逃回了西班牙。这条船带走了大部分食品和淡水,船队剩下的供应品此时十分紧张。但是麦哲伦率领三艘船毫不动摇,在迷宫一般的海峡中穿梭前进。凭借坚强的意志,在这个海峡中迂回航行了一个月之后,一片汪洋大海豁然出现在面前,他们终于驶进了浩瀚的大南海。在全船的一片欢呼声中,麦哲伦鼓励大家朝下一个目标——摩鹿加群岛前进。

可是,接下来的路程,他们面临粮食断绝的困境。于是,他们连船具上的皮具和老鼠都吃。由于缺少新鲜的蔬菜,许多船员都因患上坏血病而死去。就这样过了三个月,他们的船队来到菲律宾群岛。当麦哲伦从马六甲带来的仆人亨利用马来语与当地土人对话时,麦哲伦激动万分,因为他的环球梦想终于要实现了。

成功之后的麦哲伦,企图征服这片岛屿,因此他利用当地部落之间的矛盾来达到这个目的。在菲律宾群岛中的宿务岛上,当地的酋长胡马波纳接待了麦哲伦以后,他请求麦哲伦帮助他对付他的对手——马克坦岛的酋长西拉布拉,这正中了麦哲伦的下怀。于是他率领49名士兵,带了一些火药、火枪等武器,从马克坦岛登陆。岛上居民早就掌握了麦哲伦他们的行动,所以他们立刻兵分两路包抄过来。麦哲伦命令火枪手和弓箭手向土人猛烈射击了半个多小时,可是当地的土人并未退去。

麦哲伦见强攻不下,只得下令撤退,可是当地人却紧追不放。最终麦哲伦的腿部、手臂都受了伤。就在他筋疲力尽的时候,一支带火的标枪向他的头部飞来,他躲闪不及,当即倒地。接着,许多标枪投了过来,麦哲伦终于惨死在乱枪之下。

麦哲伦死后,剩下的114名船员们烧掉破烂不堪的康塞普逊号,匆忙乘上特立尼达号和维多利亚号逃离宿务岛。之后,其余队员历经半个月,终于到达最终目的地摩鹿加群岛。

1522年9月,维多利亚号历尽艰险,返回巴拉麦达港。整趟航程共花费三年时间,航行85700千米。他们发现了沟通大西洋与太平洋的海峡,征服了太平洋、印度洋、大西洋,并第一次证明:地球的确是圆的,它的表面存在着一个统一的大洋。

西班牙奸细叛乱，三艘船只被叛乱分子掌控。麦哲伦了解到情况后毫不慌乱，用智谋和策略与他们周旋，将他们一一攻破，最后扭转了僵局。

成功从来都是来之不易，甚至需要血的代价。面对那些不能吃苦的船员逃兵，麦哲伦意志坚定，丝毫没有动摇前进的决心和勇气。当弟弟麦斯基塔被叛乱分子绑架时，麦哲伦没有慌乱阵脚，也没有立刻采取营救行动，而是派保安官埃斯比诺给缅多萨他们送信，其实吩咐他借此机会杀掉缅多萨。随后，他又派巴尔波查将维多利亚号开到旗舰附近，封锁了海口，使凯萨达和卡尔塔海纳无从逃走，从而处决掉另外两艘船上的叛乱分子，征服了船上的大多数船员。

这样的气魄，这样的智慧，再加上坚定的信念，这些必不可少的因素让麦哲伦化身为无所不能、坚定勇敢的铁汉。最后，他终于率领船队成功穿越西航口，到达大南海，找到了实现环球梦想的"秘密通道"。

想实现自己的梦想，必须有坚定的信念和坚强的意志，这样才能战胜一路征程中的艰难险阻，最终实现梦想。

当代鲁滨孙

2006 年 4 月 6 日，澳大利亚报纸上刊登了一则耸人听闻的新闻。人们看了之后，都被梅吉的坚强勇敢，以及极强的适应能力所打动，纷纷表示不可思议，称赞他是当代鲁滨孙。究竟是什么新闻，引起了如此大的反响呢？这还要从几个月前说起……

2006 年 1 月 23 日，一名 35 岁的男子梅吉驾驶着一辆越野车从澳大利亚东部港口一座城市出发，经过高速公路前往西部的港口城市黑德兰港。这一路上人迹罕至，有许多荒漠地带。经过长途跋涉，他已经驶过了一大半的路程，还有大约 200 多千米就能结束枯燥的旅程了。在高速公路的一个岔路口上，梅吉看见三位土著居民在路边，他们的样子像是要搭车。梅吉心情不错，就停车顺便捎上了他们。可是他万万想不到，这就是噩梦的开始。

在梅吉转向开车的时候，他的头上重重地挨了一棒。梅吉顿时觉得天旋地转支撑不住倒在了地上，隐约中他看见了三个土著人狰狞的脸。等他再次清醒过来的时候，他只见周围一片漆黑，而且头仍旧疼得厉害，甚至连呼吸都有些困难。远处传来野狗的叫声，让他觉得无比恐怖。又过了一段时间，梅吉才完全恢复了意识。他发现自己竟然身在一个土洞中，而且身上压满了泥土。难道自己是被那些土著人活埋了吗？

梅吉用尽全身的力气挣扎着，终于从泥土中站了起来，可是眼前的一幕让他再次惊呆了。洞口有几只野狗正龇着牙盯着他。梅吉不敢轻举妄动，他呆呆地站着。没想到双方对峙了一会儿后，野狗们竟然离开了。梅吉回过神来，这才发现自己的衣服全都被冷汗湿透了。他走出土洞，朝四周望去，天哪！四周全都是荒漠，根本看不到尽头。

梅吉开始考虑如何才能走出这片荒漠。根据太阳的方向梅吉判断出了基本方向，他打算向西边走，于是他拖着疲惫的身躯开始徒步前行。他走了一会儿，就觉得又累又饿，可是环顾四周，几乎寸草不生，他连点野草都找不到。荒漠上的高温几乎把他体内的水分都烤干了。好在此时的澳大利亚西部降水较多，梅吉总算能够借助雨水解解渴。但是食物成了他最大的问题。荒漠上只有蛇和蜥蜴，根本看不到其他动物的身影。梅吉饿了三天，他终于说服了自己抓住了一只蜥蜴。但是看着那令人恶心的小东西，梅吉实在下不去口。但是他的肚子又不停地抗议，终于，饥饿占了上风，他闭上眼睛生生地把那只蜥蜴吃掉了。许久之后，蜥蜴的腥味还留存在他嘴里。有了第一次尝试，他很快就适应了。梅吉捕捉能够抓到的东西，包括蛇。好在沙漠上的毒蛇不是很多，并且有毒的蛇一般都有很明显的特征。因此他很容易就能判断出来自己抓到的蛇能不能吃。

一连十天过去了，梅吉就靠蜥蜴和蛇填饱肚子。他一直告诉自己，城镇就快到了，可是他总是失望。难道是他迷失方向了吗？

这些天的折磨已经让他痛苦不堪，现在又迷失了方向，他不想再做无谓的挣扎了，还是接受命运的安排吧！然而就在这时，他隐隐约约看见前方有一大片灌木丛和小树林。几乎绝望的他抱着一线生机走了过去，到了那里他才发现，原来灌木丛中居然还有一个小池塘。梅吉激动得眼泪都快出来了。经历了生死挣扎，现在他终于看到了希望。兴奋的梅吉决定先在这里住上几天，等身体完全恢复后再想办法出去。

梅吉在灌木丛和小树林中找了些树枝，用它们搭建起了一个窝。经过反复的拆建，一个像模像样的"家"终于诞生了。有了住的地方，旁边又有池塘，已经相当不错了。但是，要去哪里寻找食物呢？他可不想再吃那些蜥蜴和蛇了。梅吉仔细到周围看了看，发现池塘边上长有蘑菇。太好了，梅吉立刻动手采下了它们。但是他吃了蘑菇不久之后，就开始头晕、呕吐，他明白自己很可能是中毒了。幸好刚开始他并没有吃太多，呕吐完后，歇息了一阵他的身体才慢慢恢复过来。无奈之中，梅吉只好再冒险去抓蛇和蜥蜴。但是，抓蜥蜴和蛇也是要靠运气的，有时，他忙活了大半天，也是一无所获！

一个偶然的机会，梅吉在池塘旁边发现了一只死青蛙。这只青蛙已经被晒干了，梅吉把它拿到池塘里清洗干净后尝了一口，口感脆脆的，比起生吃新鲜的青蛙要好得多。而且，更重要的一点是，晒干的青蛙身上不会有寄生虫，吃了它们也不会染病。有了这个发现，梅吉天天就在池塘边上抓青蛙，然后把它们剥皮后晒干，就这样，青蛙成了他久违的美味。后来，他又发现一样美味——水蛭。

可是仅仅靠这些东西，只能勉强维持他的生命，梅吉一天天地瘦下去，身体也越来越差了。现在，他已经不期望能够凭自己的力量走出这片沙漠。仔细算起来，他被困在荒漠里已经有 60 多天了。他只希望自己能被人们发现，然而只有多活一天才能多拥有一天的希望。随着日子一天天地过去，梅吉的希望越来越渺茫。

一天，当太阳再次升起的时候，梅吉开始有些头晕眼花。他跌跌撞撞地走路，几次差点都跌倒了，但是求生的意志催促着他再坚持一会儿。忽然间，他觉得脚下一热，原来脚下已经不是荒漠而是一条柏油路了。

梅吉的脑子顿时清醒过来，既然有公路，就一定会有车从此经过，那么他就能被人发现了。梅吉在此等待了几个小时，终于他听到了汽车的声音，梅吉艰难地走上公路，挥舞着双手。

汽车里的人名叫马克，见前方好像有人在路中央挥手，于是刹车仔细看去，天哪,这简直像是骷髅,马克没有贸然救助,而是立刻打电话报警。很快警察就赶到了,警察们见状,也被惊得目瞪口呆。原来经过两个多月荒漠的生活,梅吉不仅被晒得黝黑,而且全身上下已经瘦成了皮包骨头。

原本,梅吉的身高是一米九,体重为100多千克,而如今却只有40多千克,但是他骨瘦如柴的脸上还有一点儿精神,可见他的意识是清晰的,只是人非常虚弱。警察们立即把他送到附近的医院。很快,各大报社的记者也闻讯赶来。当梅吉清晰地说出自己的来历时,在场的所有人员都被深深震撼了。

澳大利亚是个地广人稀的国家,国土面积居全球第六位,但其中近30%的地区由于太过干旱,被沙漠所覆盖,根本不适宜人居住。

可怜的梅吉就是在这样一个人迹罕至的大陆上生存了近两个月,除了寥寥几种野生的动植物,他就这样艰难地存活着。想想看,一个人从200多斤的大胖子在几十天之内,变成一个形似骷髅的皮包骨头,真是太可怕了。

尽管如此困难,梅吉却从没放弃过求生希望,他做了一切他能做到的。只是为了生存下去,他相信,只要自己多一天存活,就多一份活下来的希望。

坚持最终得到了回报,梅吉的信念让他获救,不得不说,这是一个生命的奇迹。

自助者天助。只要自己不放弃自己,上天就不会放弃你。

编后记

2011 年 2 月间，台湾女生连恩美的一本《我，睡了，81 个人的沙发》，荣登"2011 台北国际书展大奖"，马英九亲授颁奖词。同年 10 月，南方出版社将此书引进大陆，受到年轻读者的热捧。

书中的主人公连恩美自小家境优越，功课优秀，一直因循着"25 岁工作，28 岁嫁人，30 岁生孩子"的标准人生规划。就在她面临出国读研，还是找一份令人羡慕的理想工作选择时，她对既定的人生轨道开始迷茫，不知道自己真正想要的是什么，也意识到任何书本都无法给出她人生的答案。于是，连恩美选择睡在 81 个陌生人家的沙发，独自去欧洲游学 14 个月。一个世人眼中渺小、脆弱的女生，却以最接地气的方式迎接异域的风。"从踏进某个人家的那一刻起，这个城市对我而言就不再只是一个观光景点……我逐渐触摸到这个城市的节奏与温度。"最终，连恩美在别人的沙发上发现真实的自己，找到自己钟爱的事业。

连恩美的成长历程恰似当今莘莘学子的缩影，他们从小学、中学、大学一路走来，往往被"读书"裹挟着，成了接受知识的容器，无暇与未来"做事"相链接，临到诸如高考、大学毕业这样的关键节点就迷茫起来。庆幸的是，连恩美勇敢地做自己，如愿地找到了努力的方向。《我，睡了，81 个人的沙发》作为个案，正如一座桥，沟通了"读书"与"做事"；而对应试教育环境下的当代青少年来说，此书获得了某种象征意义。这触发了我们的思索：可否让"做事"的意识前移，使"读书"与"做事"相伴成长呢？

世界上并没有两片相同的树叶，就每个独一无二的青少年而言，注重个性培养，发掘其独具的兴趣、爱好点，并从"读书"路径中伴生出我们所期待的"做事"的富矿。"少年心事当拿云。""少年强则国强。"青少年心存高远地去做关乎中华民族繁荣昌盛之事,这正是我们国家未来的希望所在。"中国青少年智慧阅读书系"便是基于励志、"做事"这样的初衷而策划的。

丛书采撷古今中外的政治家、军事家、说辩家、探险家、谍报家、推销大师在追寻梦想、成就伟业的过程中,在应对难于逾越的困境、挫折和坎坷时,以其卓越的谋略、智谋破解前路迷障,彰显大家本色和智慧炫彩的故事。有人说,智慧就像一把洒在汤里的盐,找不到摸不着,现在我们之所以聚焦世界历史进程中的风云人物,且定格于包含智慧内核的华彩故事,就是希望给青少年一个观察人类的宝贵智力遗产的制高点,品尝到生命中智慧盐的味道,触发并激励青少年立志于"做事",勇于做有益于国家、民族,乃至于全人类的大事业,书写一个顶立于世间的大写的"人"。

这是一套励志成功的书,也是一套挫折教育的书。丛书中的时代精英在探索前行的路途中,不可或缺的是那一份家国的责任感,建功立业的雄心,百折不回的意志,滴水石穿的积累,一时的隐忍换得机遇的克制,洞察世态、参透人情的眼力……正如获得一个世界冠军需要上百种因素复合作用一样,成功的"做事"又何尝不是如此呢?

与此同时,我们也应当看到,作为智慧之光的谋略、智谋等,不是教训,也不是公式,更不是放之四海而皆准的真理,它只是给青少年"做事"提供了参考的范本和思考的空间。那些精妙的思维方式,对于打破陈旧、呆滞的思维定势,提升本身的"做事"资本,有着极为重要的意义。作为大有可为的青少年读者,既要珍惜这种人类共同的财富,也要学会健康地取用谋略。为此,在每一则故事后面,便特意附加"炼智"和"悟理"两个板块。相信这样精心的设置能够引导青少年准确地领略故事的风采,把握谋略的精髓;从不同的角度悟得自己立身处世、搏击风雨、应变万千的准则。这不仅是一种鲜活的阅读体验,更是一次提升自我、丰富智慧的身心之旅。在品读谋略中,点亮智慧人生。